L'ultime défi

Les garçons Gentry n'étaient jamais censés être une réussite

Sley Samedy

L'ULTIME DÉFI

First edition. May 14, 2024.

Copyright © 2024 Sley Samedy.

ISBN: 979-8224103942

Written by Sley Samedy.

Also by Sley Samedy

Une nuit sur la plage
Amoureux du défi
Le stagiaire du détenu
Pardonne mon Péché
Premier Match
Proposition interdite
Réclame par mes demi frères
Scandale dans le désert
Une tente pour deux
Tuer pour elle
L'ultime défi
On dirait que ça tue
Une sale promesse

Les garçons Gentry n'étaient jamais censés être une réussite.

Dans leur sombre ville carcérale, leur nom même était une malédiction et tout le monde s'attendait à ce que les garçons suivent le même chemin que les générations vicieuses qui les ont précédés.

Mais tout le monde s'est trompé. Et en ce jour de mariage de rêve, ils se réuniront tous pour voir l'une de leurs filles bien-aimées épouser son prince.

Tout allait être parfait.

La journée n'était pas censée se terminer par une tragédie. Il aurait dû y avoir une lune de miel au lieu d'enterrements. Et maintenant, la famille qui a traversé tout cela va devoir se serrer les coudes et affronter un terrible défi que personne n'a jamais vu venir...

CHAPITRE 1

Curtis

« Es-tu prêt pour ça ? » » a demandé Cord Gentry sur le parking du magasin de location de smokings.

La question est apparue comme un défi. Peut-être que c'était le cas.

Après tout, Cord avait de nombreux rôles à remplir. Frère, mari, ami, propriétaire d'entreprise. Mais je le connaissais assez bien pour comprendre qu'il ne prenait aucun titre plus au sérieux que celui de père.

Un père très surprotecteur.

Dalton devait également s'en rendre compte, donc sa première réponse fut un large sourire.

"Je suis prêt", promit-il en faisant pivoter son smoking pour le draper sur son épaule droite.

"Tu ferais mieux de l'être," dit Cord, son expression sérieuse alors que ses yeux bleus évaluaient l'homme qui serait son gendre à cette heure demain. Cord aimait Dalton. Je savais que oui. Il était presque impossible de trouver un défaut sérieux chez Dalton Tremaine. Il était honnête, inébranlable et réussissait dans tout ce qu'il entreprenait. Il traitait les gens avec gentillesse et avait un sacré sens de l'humour. Plus important encore, il était complètement amoureux de Camille Gentry.

Pourtant, malgré la longue liste d'atouts de Dalton, il épousait la fille de Cord et cela devait être une pilule douce-amère à avaler pour tout père dévoué.

Dalton ne laissa pas entendre que l'examen minutieux de Cord le dérangeait. Ceux d'entre nous qui aimaient les filles Gentry comprenaient que l'approbation des hommes Gentry viendrait toujours avec le territoire.

"Tu n'as rien à craindre, Cord," lui assura Dalton.

"Tout sera parfait pour demain", ai-je ajouté. "Après tout, cela doit être le mariage le plus soigneusement planifié de l'histoire."

Ce n'était pas un mensonge. La famille élargie de Gentry était nombreuse et farouchement fidèle. Plus d'un an de préparation avait été consacré au jour du mariage de Cami et Dalton. Les différents membres de la famille Cord ne manquaient pas de talent et de dévouement et si j'étais un parieur, je parierais que la famille Gentry pourrait diriger le monde si elle en avait envie.

Cord semblait satisfait. "Alors je suppose que je vous verrai demain, les garçons," dit-il avec confiance. Il n'a pas attendu de réponse avant de se diriger vers sa camionnette tout en transportant son propre smoking de location emballé dans du plastique.

Dalton et moi avons chacun levé la main pour lui dire au revoir alors que Cord s'éloignait dans le crépuscule de l'été. Mais lorsque les feux arrière de Cord disparurent au coin de la rue, Dalton poussa un soupir de soulagement évident.

J'ai ri. « Est-ce qu'il faisait un peu chaud là-bas sous le microscope ?

Il renifla. "Je devrais y être habitué."

"Tu es."

Dalton haussa un sourcil. « Quelque chose que toi et moi avons en commun, hein ?

J'ai souris. "Vérité."

C'était une sorte de plaisanterie entre nous deux. Nous avions tous les deux des bites et nous respirions tous les deux de l'air, mais il n'en restait pas moins que si Dalton et moi n'étions pas tombés amoureux des sœurs Gentry, nous ne nous serions jamais retrouvés dans le même monde. C'était un ancien athlète professionnel charismatique qui avait passé des années à côtoyer le public de la A List, alors que j'étais un membre d'un gang de décrocheurs du secondaire qui avait passé des années à esquiver la loi. Mais j'étais amoureux de Cassie Gentry et demain Dalton épouserait sa sœur jumelle donc nous étions des alliés accidentels même si nous n'avions pas l'habitude de nous faire des amis partout. En plus, j'ai vraiment aimé ce gars. Il a dû ressentir la même chose à un certain niveau parce qu'il m'avait demandé d'être l'un des garçons d'honneur à son mariage, un honneur qui aurait pu revenir à n'importe lequel de ses mille amis.

"Je parie que Cord suppose que nous cherchions simplement à nous débarrasser de lui et à commencer un enterrement de vie de garçon louche," plaisantai-je.

Dalton y réfléchit. "Peut-être."

"Alors, quels sont tes projets avant le mariage?"

« Rien de plus exotique qu'un enterrement de vie de garçon sordide. Cami a été occupée avec les préparatifs de dernière minute et je soupçonne qu'elle préfère me garder à l'écart. Il se frotta la mâchoire en pensant à son épouse. « Elle a été superstitieuse à propos de certaines choses, comme ne pas me permettre de la voir dans sa robe de mariée. Quoi qu'il en soit, elle reste chez ses parents ce soir, alors j'ai dit à mon frère que je passerais du temps avec lui et que je dînerais peut-être tard.

«Je pensais voir Hale ici», dis-je. "Je pensais juste qu'il viendrait chercher son smoking en même temps que nous tous."

Dalton scruta le parking comme s'il s'attendait à ce que son frère se matérialise sur sa Harley. En surface, ils étaient aussi opposés que deux frères pouvaient l'être. Hale était plus proche du genre de gars avec qui j'étais habitué. Rude sur les bords, imprévisible. Passer mes années de formation dans la rue avait aiguisé mon instinct pour les hommes dangereux. Je ne connaissais pas très bien Hale, mais je soupçonnais qu'il avait quelques surprises peu recommandables cachées sous ses yeux sombres et cagoulés. Ce sont des pensées que je gardais pour moi.

"Hale fait toujours les choses pendant son temps libre", a déclaré Dalton en haussant les épaules. Puis il me regarda. "Hé Curtis, tu es le bienvenu si tu souhaites consommer des quantités massives d'ailes et de nachos tout en écoutant mes bavardages sentimentaux sur le type chanceux que je suis."

C'était une belle offre. Mais j'en avais un bien meilleur qui m'attendait à la maison. Pendant que nous étions à l'intérieur du magasin de smoking, Cassie avait envoyé quelques mots qui s'adressaient directement à ma bite. Merde, j'adorais cette fille.

«Je vais prendre un chèque de pluie», dis-je. "J'ai quelques courses à faire."

"Ça a l'air bien." Dalton m'a offert un coup de poing. Normalement, je n'étais pas du genre à donner un coup de poing, mais je l'ai rencontré à mi-chemin. Nous ne sommes peut-être pas identiques, mais c'était un ami et il était authentique. De plus, si tout se passait comme je l'avais prévu, alors nous serions techniquement frères tôt ou tard parce que j'avais bien l'intention d'épouser Cassidy Gentry et de rester à ses côtés pour le reste de ma vie.

"Jusqu'à demain", dis-je. "Trois heures, n'est-ce pas ?"

"Trois heures", confirma Dalton et il n'y avait aucun doute sur l'empressement dans sa voix. C'était un homme qui comptait visiblement les heures jusqu'à ce qu'il puisse épouser la fille de ses rêves.

Une fois dans mon camion et en route vers l'autoroute, je n'ai pas pu rejoindre mon appartement assez vite. La semaine avait été chargée sur tous les fronts entre le travail et les préparatifs du mariage, donc la romance était passée au second plan. Et nous avons fait l'amour aussi, à l'exception de dix minutes magnifiques dans un placard vide du salon de tatouage de Cord où Cassie et moi travaillions. Nous essayions généralement de garder les incidents érotiques en dehors du bureau, mais parfois nous glissions. Et honnêtement, la pipe rapide et sale était son idée. C'était généralement le cas. Je n'ai jamais pu dire non à Cassie, surtout pas quand elle s'est mise à genoux, m'a fait un doux sourire et m'a pris dans sa bouche. Le cousin et partenaire commercial de Cord, Deck, m'a jeté un regard lorsque nous nous sommes croisés dans la salle de repos cinq minutes après que je sois entré entre les lèvres de Cassie, les mains enveloppées dans ses longs cheveux blonds. Deck était suffisamment perspicace pour voir à travers n'importe qui et j'ai commencé à me sentir un peu coupable, mais ensuite il s'est contenté de rire et m'a donné un coup de coude gentiment en sortant.

Cassie devait suivre la progression de mon voyage sur son téléphone. Elle a ouvert la porte de l'appartement avant que j'aie eu le temps d'utiliser ma clé. Elle portait une courte robe noire qui glissait jusqu'au sol dès que je fermais la porte derrière moi.

"Breck n'est pas à la maison?" Ai-je demandé en jetant le smoking enveloppé et mes clés sur le canapé avant d'enlever mon t-shirt. Mon frère de quinze ans vivait ici avec nous mais il avait une vie sociale active.

Cassie haussa un sourcil amusé. "Est-ce que je serais habillé comme ça s'il l'était?"

"Tu n'es pas habillé du tout."

"Je sais."

J'ai laissé tomber mon pantalon et j'ai plié mon doigt. "Venez ici."

Cassie a souri et s'est précipitée vers notre chambre, pensant que je la suivrais. Bien sûr, j'ai suivi. Je la suivrais jusqu'au bout du monde.

À ce moment-là, j'avais besoin de la baiser de la pire des manières, mais j'avais aussi besoin d'autre chose. Les yeux bleus de Cassie brillèrent de surprise lorsque je la coinçai à côté du lit, pris son visage dans mes paumes et l'embrassai doucement, savourant le goût de ses lèvres douces et le faible gémissement qui s'échappait de sa gorge alors qu'elle glissait ses bras autour de mes épaules et se fondait dans moi.

«Je t'aime», ai-je dit lorsque nous avons pris une pause pour respirer.

Son expression était maintenant douce et rêveuse tandis qu'elle me faisait le beau sourire que je vivais pour voir. "Je t'aime aussi, Curtis."

Mes lèvres effleurèrent les siennes. « Cassie ? » J'ai chuchoté.

Sa respiration devenait difficile alors que mes mains s'éloignaient. "Quoi?"

Sans prévenir, je l'ai soulevée et je l'ai jetée sur le lit. Pas trop brutalement, juste assez fort pour la faire couiner. Ensuite, je n'ai pas perdu de temps à mettre ma bouche au travail, à explorer ses seins et à parcourir son ventre. Elle a ri lorsque j'ai accidentellement chatouillé sa peau sensible, mais elle a arrêté de rire lorsque ma langue s'est aventurée entre ses jambes. Maintenant, elle se tordait et haletait mon nom mais je ne l'ai pas fait jouir, pas encore. Au lieu de cela, je me suis retiré, j'ai posé une de ses jolies jambes sur chacune de mes épaules et je me suis glissé à l'intérieur d'elle, choisissant un rythme lent et taquin jusqu'à ce qu'elle gémisse et s'agrippe à la couette.

"Tu es si bon," gémit-elle, les yeux fermés.

J'ai roulé mes hanches. "Tu aimes ça?"

Son dos s'est cambré. « Mon Dieu, oui. Fais le plus dur."

Au lieu de cela, j'ai ralenti le rythme. "Tu veux venir, n'est-ce pas?"

Ses yeux s'ouvrirent, pleins de frustration bleue. "S'il te plaît!"

J'ai souri. "Alors dis-moi ce que je veux entendre."

Elle a maudit une série de mots magnifiquement sales pendant que je pompais plus vite et en une minute, elle s'est effondrée sous moi. Puis je suis devenu sérieux, je l'ai prise plus brutalement et sans pitié et puis quand je n'en pouvais plus je me suis laissé aller. Nous étions tous les deux couverts de sueur lorsque je me suis effondré à ses côtés pour ne pas l'écraser sous mon poids.

Le soupir de Cassie était plein de satisfaction et sa main trouva la mienne au milieu de l'enchevêtrement des draps. C'était ce à quoi je pensais tout le temps. Chaque putain de jour. Elle était ma muse. Ma reine. Je la voulais même alors que je venais tout juste de finir de l'avoir.

"Tu vas me manquer ce soir," dit-elle d'un ton endormi et s'enfouit contre moi.

J'ai repoussé ses cheveux et j'ai embrassé son front lisse. "Tu me manqueras aussi. C'est la première nuit depuis très longtemps que je dormirai seul.

"Je sais." Elle leva la tête et déposa un baiser sur mon épaule. "Mais ce n'est qu'une nuit."

Cassie avait prévu de dormir chez ses parents dans la chambre qu'elle et Cami avaient partagée pendant leur enfance. Les sœurs jumelles qui formaient une équipe inséparable depuis le jour de leur naissance partageraient une nouvelle fois leur chambre d'enfance, à la fois un clin d'œil à la nostalgie et aussi au bon sens puisqu'elles prévoyaient de se préparer pour le mariage chez Cord et Saylor. Cassie et moi n'avions pas passé une nuit séparément depuis que nous avions commencé à vivre ensemble. Mon lit serait très solitaire sans elle, mais je ne pouvais pas lui en vouloir une nuit avec sa sœur. Et de toute façon, je la récupérerais demain.

Quand Cassie a sauté du lit et s'est dirigée vers la douche, j'ai été tenté de la poursuivre pendant le deuxième tour, mais je savais qu'elle avait hâte de se rendre chez ses parents pour s'occuper de ses tâches de demoiselle d'honneur.

« Il y a de la salade de pâtes dans le frigo », cria-t-elle à cause du bruit de la douche. "Si Breck a faim en rentrant à la maison."

J'ai bâillé et j'ai attrapé mon boxer. "Merci."

J'ai vérifié ma montre, me demandant où était mon petit frère. Brecken était un enfant responsable, mais il était censé me faire savoir s'il devait sortir après l'heure du dîner. J'étais son tuteur depuis que notre mère avait été impliquée dans un stratagème de détournement de fonds qui l'avait finalement conduite en prison. Notre père a été assassiné il y a des années et aucune autre famille n'était capable de prendre la relève. Je n'ai pas réfléchi à deux fois avant de laisser derrière moi mes propres actes imprudents, de quitter une vie de crime et de péché et d'accepter la responsabilité de mes deux jeunes frères. Malgré tous les défis qu'il avait rencontrés dans sa jeune vie, Brecken prospérait. Il semblait heureux, ses notes étaient bonnes et il avait un avenir brillant à espérer. Quant à mon autre frère....

Tristan.

Un nuage passa sur mon humeur et mes yeux se fermèrent une seconde alors que je pensais à Tristan. Je ne savais pas grand chose de ce qu'il faisait ces jours-ci. Il avait presque vingt ans maintenant et était hors de ma portée, vivant quelque part dans la ville troublée d'Emblem tout en courant avec le genre de personnes que j'avais eu du mal à laisser derrière moi. J'avais rarement de ses nouvelles et lorsque Tristan m'appelait, il n'avait pas grand-chose à dire sur lui-même. J'avais tellement voulu mieux pour lui, mieux que le genre de vie sale et incertaine que j'avais autrefois choisie. Mes inquiétudes concernant son sort étaient infinies. Plus que tout, je me demandais comment j'aurais pu faire les choses différemment, comment j'aurais pu éviter de l'échouer.

"Curtis?" La voix douce de Cassie m'a fait ouvrir les yeux. Elle était fraîchement douchée et adorable, me regardant avec un peu d'inquiétude. "Tu dormais ?"

Je me suis assis. "Non. Juste à y penser." Je l'ai guidée sur mes genoux et j'ai enfoui mon visage dans son cou, inhalant du savon et de la douceur jusqu'à ce que je recommence à bander.

«Tu ferais mieux de sortir d'ici», prévins-je. "Avant de décider de t'arrêter."

Cassie m'a embrassé et a glissé hors de mon emprise. "Appelle-moi plus tard", dit-elle en attrapant le sac de voyage qu'elle avait laissé près de la porte de la chambre.

"Vous pariez que je le ferai."

Ma copine m'a envoyé un baiser et s'est dépêchée de sortir de l'appartement. J'ai écouté le silence pendant un moment avant de choisir de me doucher. Alors que je m'essuyais, j'ai entendu la porte de l'appartement s'ouvrir.

« Breck ? » J'ai appelé.

Il y eut un bruit sourd et le bruit de la porte du réfrigérateur qui s'ouvrait. "Putain, je meurs de faim."

"Langue", grognai-je, localisant mon jean et l'enfilant.

Un instant plus tard, j'ai trouvé mon petit frère dans la cuisine, appuyé contre le comptoir et lui envoyant la salade de pâtes de Cassie au visage avec une grande cuillère en plastique.

"C'est bien", dit-il joyeusement, la bouche complètement pleine.

"Et si tu en partageais alors ?" Dis-je en attrapant une cuillère et en creusant.

J'ai regardé mon frère alors qu'il continuait à mettre de la nourriture dans sa bouche comme s'il n'avait pas mangé depuis une semaine. Il était encore en pleine poussée de croissance et il semblait destiné à être plus grand que moi. Aujourd'hui, sa voix était plus grave, ses muscles plus épais et il commençait à ressembler plus à un homme qu'à un garçon. Mais cela n'avait pas d'importance. Pour moi, il serait toujours le petit frère à qui il fallait dire d'essuyer la nourriture de sa bouche.

"Merci", dit-il lorsque je lui tendis une serviette.

"À tout moment."

"Où est Cassie?" Breck regarda autour de lui avec espoir. Il adorait ma petite amie.

"Elle reste chez Cord et Saylor ce soir."

Il acquiesca. "Droite. J'ai oublié."

"Pourquoi es-tu rentré tard?" J'ai demandé.

Brecken haussa les épaules. "J'ai dit à Thomas que je resterais sur le terrain pendant un moment et que j'attraperais les balles qu'il lancerait."

Thomas était le cousin de Cassie. Les deux garçons avaient à peu près le même âge et étaient tous deux passionnés de baseball, ils sont donc devenus de bons amis.

"Oh," dis-je, me demandant comment choisir mes mots. "Alors toi et Thomas..."

"Oh, bon sang." Brecken roula des yeux. «Thomas est mon copain. C'est tout."

"D'accord."

"Ce n'est pas mon genre."

"Bien."

« Et il aime les filles. Il a environ soixante-dix petites amies.

J'ai levé une main défensive. "Très bien, très bien."

"En plus." Brecken devint pensif puis rougit. "J'aime quelqu'un d'autre."

J'ai haussé un sourcil. "OMS?"

Le rougissement de mon petit frère s'accentua. «Je le connais depuis l'école. Nous avons parlé. Vous l'aimeriez. Bushwick est super intelligent.

« Son nom est Bushwick ? »

"Ouais."

"L'appelez-vous Bush ou Wick pour faire court ?"

Breck a essayé de me frapper. J'ai esquivé le coup.

"Peu importe," dit-il d'une voix vexée.

J'ai souri. « Je plaisante juste avec toi. Dis m'en plus."

Breck réfléchit. "Je t'en dirai plus si tu m'achètes quelques hamburgers."

"Tu as encore faim après toute cette salade de pâtes ?"

C'était maintenant à son tour de sourire. "Naturellement."

"D'accord." J'ai cherché mes clés et je les ai trouvées sur le canapé à côté de mon smoking.

"C'est ton costume de pingouin ?" » a demandé Breck.

"C'est. Ce qui me rappelle, as-tu repassé ta chemise et ton pantalon pour demain ? »

"Non, mais je le ferai."

"Assurez-vous de le faire."

Il roula de nouveau les yeux. Cela commençait à devenir une habitude avec ce gamin. "J'ai dit que je le ferais."

"Super." J'ai retourné mon porte-clés autour d'un doigt. "Hamburger Haven vous attend."

Brecken s'éclaira. "Deux hamburgers avec double fromage et champignons."

"Bien. Ce sont tes brûlures d'estomac.

Il m'a devancé jusqu'à la porte et j'ai ri. Mais alors que je me retournais pour verrouiller la porte, un sentiment sombre m'envahit. Je ne savais pas pourquoi. Demain allait être un jour heureux. Tout allait bien. C'était peut-être parce que j'avais pensé à Tristan plus tôt.

Peut-être s'agissait-il d'un instinct enfoui de danger imminent, réel ou non.

Quelle que soit la raison, je ne pouvais pas me débarrasser du vague sentiment d'agitation pour le reste de la nuit.

CHAPITRE 2

Dalton

« Prenez le dernier. »

"Non, tu prends le dernier."

"Arrête d'être un enfoiré aussi altruiste et mange la dernière putain de chips."

"Bien." J'ai renversé mon frère et j'ai attrapé le seul nacho chargé qui traînait toujours sur le plateau. Hale fut plus rapide et le sortit sous moi, déposant le jeton dans sa bouche avec un clin d'œil triomphant, me rappelant que peu importe notre âge, il était toujours le grand frère qui savait comment tirer le meilleur de moi s'il le voulait. à.

"Connard." Je lui ai jeté une serviette.

Il déglutit et rit. "Je vais me rattraper", dit-il en jetant cinq billets de vingt dollars sur la table.

"Tout changement?" » a demandé la serveuse lorsqu'elle est passée pour régler l'addition.

Mon frère a agité la main et a dit : « Gardez-le », tout en offrant un sourire coquette même si la femme avait la cinquantaine fatiguée et portait une alliance.

Pourtant, elle rougit. "Merci", dit-elle et elle disparut avec l'argent.

Je me levai, tapotant ma poche arrière à la recherche de mes clés. "Cela devait être un pourboire à cent pour cent."

Hale vida la dernière once restante dans son verre de bière. C'était peut-être son troisième. Ou son quatrième. Je n'avais pas fait attention.

«Je suis un gars généreux», a-t-il insisté.

"Je suppose que les choses vont bien alors," dis-je en choisissant soigneusement mes mots. Des questions directes ne vous mèneraient nulle part avec Hale. Il y a longtemps, j'avais compris qu'il avait ses raisons et que celles-ci n'étaient probablement pas du côté coopératif de la loi. Mais il n'a jamais fait allusion à un quelconque problème et, à ce stade, j'étais assez convaincu que mon frère était invincible.

Hale posa son verre et tourna son regard vers le bar. «Je vais assez bien», dit-il, mais comme je le regardais, j'ai remarqué une légère ride sur la peau entre ses sourcils. Peut-être qu'il y avait quelque chose qui le dérangeait après tout. Ou peut-être qu'il souhaitait un autre verre. En tout cas, le regard troublé disparut aussi vite qu'il était venu. Il m'a souri en se levant de sa chaise et en s'étirant.

"Tu es sûr que je ne peux pas te convaincre de chercher un paysage plus excitant ce soir ?" Il a demandé.

Je secouai la tête, sachant que l'idée de Hale d'un paysage passionnant impliquait probablement de l'alcool fort et des seins nus. "Je pense que j'ai assez d'enthousiasme à l'horizon."

Il hocha la tête, sans surprise, et me laissa me diriger vers la sortie du restaurant bondé. Nous avons croisé une table de jeunes femmes qui riaient avec abandon en sirotant des margaritas. Leur vue m'a fait me demander ce que Cami faisait en ce moment.

"J'ai garé mon vélo tout au long du parking voisin", a déclaré Hale une fois que nous étions dehors. "Alors je suppose que c'est ici que nous disons bonsoir."

Je l'ai examiné. Il semblait stable, parfaitement sobre. Je savais qu'il n'accepterait pas l'offre, mais je l'ai quand même accepté. "Je peux vous emmener si vous en avez eu un de trop."

Hale était amusé. "Tu sais que je peux mieux retenir mon alcool que trois d'entre vous, petit frère."

"Bien," j'acquiesçai. "Je ne faisais que demander."

Il pencha la tête en arrière pour observer le ciel nocturne clair et prit son temps avant de parler. « Ne t'inquiète pas, Dalton. Je suis la dernière chose dont tu devrais t'inquiéter en ce moment.

"En fait, je ne suis pas du tout inquiet", dis-je, rejoignant Hale dans un bref instant d'observation des étoiles. Il y avait trop de lumières de la ville pour avoir une bonne vue du ciel. Dans deux nuits, j'aurais une vue différente. Après avoir passé notre nuit de noces dans un complexe cinq étoiles à Phoenix, Cami et moi allions nous rendre dans les Montagnes

Blanches et passer notre lune de miel dans un chalet isolé. Dix jours, juste elle et moi. Mari et femme. Putain de paradis.

"Et puis je lui ai dit que tu ferais mieux de bien sucer cette merde, salope", murmura une voix dans mon dos. Il y avait un groupe de garçons de fraternité musclés qui passaient devant nous, probablement en route vers le bar à thème irlandais du coin.

"Regarde ça, connard", m'a prévenu Hale lorsque l'un d'eux m'a frappé. Le collégien leva les yeux avec un ricanement provocateur, puis réfléchit mieux à la situation et continua de marcher. C'était une bonne décision. Hale n'était pas du genre à reculer quelles que soient les probabilités et je détesterais avoir à expliquer à ma mariée pourquoi je portais un méné sur les photos de mariage.

Cela m'a rappelé quelque chose.

J'ai donné un coup de coude à Hale. "Hé, tu as récupéré ton smoking, n'est-ce pas ?"

Ses yeux plissés suivaient toujours les collégiens ivres mais il détourna son regard et éclata d'un sourire. "Bien sûr que je l'ai fait. Je suis le meilleur homme.

"Oui, tu l'es," dis-je. "Et il n'y a personne que je préférerais avoir à mes côtés lorsque j'épouserai la fille de mes rêves."

Son sourire s'élargit. « Cami est une gagnante, c'est sûr. Dès l'instant où je l'ai rencontrée, j'ai su qu'elle valait la peine de parcourir la distance.

« Vous n'entendrez aucune dispute de ma part », dis-je, ressentant un frisson d'excitation à l'idée que demain à cette heure, Camille Gentry serait ma femme. C'était difficile de croire qu'elle n'avait pas toujours été dans ma vie, qu'il y a seulement quelques années, j'avais rencontré cette femme brillante et magnifique qui était tout ce que je pouvais espérer.

Hale me regardait. « Vous êtes heureux, » observa-t-il. "Personne ne mérite plus ça."

"Tu sais," dis-je à mon frère, "je parie qu'un de ces jours tu trouveras ton partenaire idéal."

Je m'attendais à ce qu'il se moque de ce commentaire, mais il ne l'a pas fait. Un regard étrange passa sur son visage et il plissa les yeux au loin.

"Peut-être que je l'ai déjà fait", a-t-il déclaré.

"Quoi ?" J'étais un peu abasourdi. Autant que je sache, Hale n'aimait pas beaucoup la monogamie. « Qu'est-ce que tu ne me dis pas ? Dois-je faire un ajout de dernière minute à la liste des invités ?

Hale secoua simplement la tête et posa une main sur mon épaule. « Je vous raconterai tout cela en temps voulu », dit-il. "Pour ce soir, tu vas dormir réparateur. Devenir mari sera forcément un travail difficile, même si je ne le sais pas.

Il y avait quelque chose dans son ton, une sorte de résignation lasse qui me faisait réfléchir.

"Tout va bien?" J'ai pressé.

Mon frère, sujet à l'impatience, s'éloignait déjà. «Jamais mieux», cria-t-il en se retournant et en reculant. "À demain."

«Trois heures», lui ai-je rappelé parce que mon frère ne faisait pas toujours du planning une priorité. « Ne sois pas en retard, Hale. J'ai besoin de toi à mes côtés."

Hale salua pour reconnaître qu'il m'avait entendu.

J'ai commencé à me détourner puis j'ai entendu mon nom.

"Hey Dalton," appela Hale à six mètres de distance. "Vous pouvez compter sur le fait que je serai toujours à vos côtés, que vous sachiez que je suis là ou non." Puis il continua son chemin sans attendre de réponse.

Je l'ai regardé tourner au coin, puis je me suis dirigé vers mon camion. Hale avait trois ans de plus et la plupart du temps nous n'avions pas été les frères les plus proches, nos personnalités étant toujours trop différentes pour vraiment se connecter. Mais ces dernières années, nous avions fait un peu plus d'efforts et même si je ne savais pas ce qui se passait dans sa tête, je n'avais aucun doute sur sa loyauté. Je le pensais vraiment quand je lui ai dit qu'il n'y avait personne d'autre que je préférerais avoir à côté de moi quand j'ai glissé une bague au doigt de Cami.

En me glissant dans mon camion, j'ai élaboré un plan de dernière minute. Cami, qui incarnait habituellement le summum de l'aspect pratique, avait décidé de devenir superstitieuse en ce qui concerne le mariage.

Elle ne voulait pas que je voie sa robe.

Elle a insisté sur le fait que nous ne devrions pas partager nos vœux à l'avance.

Et elle ne voulait pas passer notre dernière nuit de célibataire dans notre appartement.

Mais elle n'a jamais dit qu'il m'était interdit de conduire jusqu'à la maison de son père et d'exiger un baiser de bonne nuit. C'est donc ce que j'ai fait.

Les lumières étaient toujours allumées chez Cord Gentry. Après tout, il n'était pas tard, seulement neuf heures et demie. Tout le monde à l'intérieur de la maison serait encore éveillé, vérifiant probablement des listes de choses à faire pour les préparatifs de dernière minute du mariage. Si j'avais marché jusqu'à la porte et frappé, les parents de Cami m'auraient invité directement à entrer. Mais je ne voulais pas faire ça. J'avais envie de partager un moment privé avec ma future mariée, de la serrer dans mes bras et de lui murmurer les mots qui m'avaient traversé l'esprit toute la journée.

J'ai hâte de t'épouser.

Il n'y avait pas eu de dîner de répétition. Cami et moi avons convenu que ce serait redondant. Pourquoi diable avions-nous besoin de répéter ? Il semblait que j'étais prêt à prononcer les mots « oui » depuis que je l'avais rencontrée.

Le portail de l'arrière-cour était verrouillé, j'ai donc dû l'escalader. Cela aurait dû être un saut facile. Sauf que lorsque j'ai atterri, j'ai accidentellement renversé quelque chose qui est tombé sur le patio carrelé avec une fissure éclatante. J'ai également réussi à déclencher un projecteur à détecteur de mouvement, me figeant dans son éclat comme si j'étais mis en lumière sur une scène. À l'intérieur de la maison, le chien amical mais ancien des Gentry éclata dans un aboiement frénétique. Les stores étaient relevés sur une fenêtre voisine, la fenêtre dont je savais qu'elle appartenait à l'ancienne chambre de Cami.

J'étais encore sous les projecteurs près du portail lorsque la fenêtre s'est ouverte et qu'une tête blonde est apparue.

Cassidy, la sœur jumelle de Cami, me regardait bouche bée. "Dalton, c'est toi ?"

"Salut", dis-je en faisant un pas, tombant sur autre chose en cours de route. Il y a eu un autre grand fracas et je comprenais maintenant pourquoi. J'avais fait de la viande hachée avec une pile de pots en céramique émaillée.

À ce moment-là, Cami était apparue à la fenêtre à côté de sa sœur. Elle portait un débardeur blanc et n'était pas maquillée, ses cheveux châtains tombaient sur ses épaules, une expression magnifiquement perplexe sur son visage.

«Dalton», balbutia-t-elle. "Que fais-tu?"

"Euh, eh bien," commençai-je à expliquer lorsque la porte latérale de la maison se ferma et que la voix en colère de Cord Gentry résonna dans l'obscurité.

"C'est qui là-bas, bordel ?"

"C'est moi", dis-je en agitant la main et en me sentant comme un idiot de première classe. "C'est Dalton."

Je ne pouvais pas voir l'expression du visage du père de Cami. C'était probablement une bonne chose.

La porte s'ouvrit à nouveau et une femme en sortit.

"Que se passe-t-il?" » a demandé Saylor Gentry, la mère de Cami.

« Dalton est là », grommela son mari.

"Où?"

"Dans le jardin."

"Pourquoi?" » demanda Saylor.

« Au diable si je sais. »

Je me raclai la gorge. "Je suis juste passé dire bonne nuit à Cami."

"La plupart des gens sonnent à la porte lorsqu'ils passent", a souligné Cord.

"Ah ouais. J'essayais de ne pas déranger tout le monde.

"Vraiment? Vous avez échoué."

Cami et Cassie échangèrent des rires identiques. C'étaient des jumeaux fraternels, différant à la fois par leur apparence et leur tempérament. Mais leurs rires étaient toujours les mêmes.

"Je suis vraiment désolé", dis-je, pensant pouvoir entendre le sifflement de mon stock en chute libre à chaque seconde.

"Peu importe", rit Saylor en repoussant son mari dans la maison. « Nous nous reverrons demain, Dalton. Oh, mais fais attention à mes pots. Ils sont empilés près de la porte.

La porte de la maison s'est fermée.

"Tu n'as pas fait attention aux pots", soupira Cami en observant les fragments de céramique.

"C'est dommage", a ajouté Cassie. "Vous savez, tous les quelques mois, elle visite la pépinière du coin et achète un lot de cactus succulents pour les remplir."

"Et ils meurent toujours dans le mois", a déclaré Cami.

Sa sœur soupira. "J'ai toujours été intrigué par la façon dont quelqu'un pouvait réussir à tuer autant de cactus ici dans le désert."

Cami était d'accord. "S'il existe un record de massacre de cactus, je suis sûr que notre chère mère l'a battu." Elle s'est tournée vers moi. « Dalton, pourquoi ne m'as-tu pas simplement envoyé un message pour me faire savoir que tu étais là ? »

J'ai écarté les plus gros fragments avec ma chaussure. "Appelez cela une tentative ratée de spontanéité romantique."

"Je ne dirais pas ça." Cami balança ses jambes pour qu'elles pendent du rebord bas de la fenêtre. "Venez ici."

"Si ça doit devenir pâteux, je ferme la fenêtre", prévint Cassie.

Cami a sauté du rebord de la fenêtre et sur le patio. «Ça va devenir pâteux», dit-elle à sa sœur. "Et peut-être pornographique."

Cassie ferma la fenêtre et ferma les stores pendant que je m'éloignais du désordre que j'avais fait avec la poterie de Saylor.

"Ne t'inquiète pas pour ça," dit Cami en se glissant dans mes bras. «Je vais tout nettoyer. Ma mère devrait de toute façon s'adonner à un passe-temps plus sain que le génocide des cactus.

La tenir dans ses bras était toujours aussi naturel que respirer. Le projecteur s'est éteint maintenant que je n'étais plus sur le chemin du capteur de mouvement. Mes mains se posèrent sur la courbe de sa taille et je la rapprochai tout en éveillant quelques sensations en dessous de la ceinture.

« Vouliez-vous dire ça ? À propos de choses qui deviennent pornographiques ? » J'ai demandé.

Elle a enroulé ses bras autour de mes épaules et m'a souri dans l'obscurité. "Non."

"Taquiner."

"Rôdeur." Elle fronça le nez. « Quel était ton plan de toute façon ? »

"Je ne sais pas. J'ai pensé que je pourrais peut-être frapper à la fenêtre de ta chambre, te livrer une ode shakespearienne et te baiser contre le mur en stuc là-bas.

Cami gloussa avec une fausse désapprobation. "Certains pourraient dire que ce n'est pas de chance pour les mariés de se voir la veille du mariage."

« Il fait noir dehors. Et je ne m'inquiète pas de la malchance.

"Qu'est-ce qui t'inquiète pour Dalton?"

"Rien." J'ai déposé un baiser sur ses lèvres, chaque impulsion importante exigeant d'en prendre davantage. Ma voix s'abaissa jusqu'à devenir un murmure rauque. « Il n'y a pas de quoi s'inquiéter, Camille. Demain sera incroyable.

Elle se pressa contre moi avec un soupir de bonheur. "Ce sera le cas, n'est-ce pas?"

"Absolument."

"Je n'arrive presque pas à croire qu'à cette heure demain, je serai ta femme."

J'ai glissé ma main dans la ceinture élastique de son short. "Tout à moi. A faire comme je veux.

Cami était amusée. "Cela donne l'impression que tu vas me porter jusqu'à ta grotte par mes cheveux."

J'ai glissé un doigt dans sa culotte, j'ai senti à quel point elle l'aimait. "Nous pouvons jouer à ce jeu si vous le souhaitez."

"Je le veux", souffla-t-elle. Elle a baissé la main et a bricolé ma fermeture éclair. "Mais j'ai besoin d'un petit quelque chose de ta part maintenant."

J'ai ouvert le bouton-pression de mon jean d'une main pendant que l'autre continuait à explorer l'intérieur de son caleçon. Il n'était pas nécessaire d'attendre la nuit de noces. Je la voudrais autant demain que ce soir.

"Je peux te donner tout ce dont tu as besoin, chérie."

Cami a brusquement retiré sa main de ma bite, a tendu la main et m'a giflé sur le cul. "Rentre chez toi, Dalton."

"Quoi?"

Elle se dégagea de mon emprise et même dans le pâle clair de lune, je pouvais voir son sourire taquin. «J'ai dit de rentrer chez toi. J'ai besoin de dormir un peu pour ne pas avoir de poches sous les yeux lorsque je serai immortalisée sur nos photos de mariage.

Mon cerveau rattrapait la tournure des événements mais ma bite était toujours en mode sexe. "Allez, tu sais qu'on dort toujours mieux après un orgasme."

Cami reculait déjà en direction de la fenêtre. Elle m'a envoyé un baiser. "Bonne nuit mon amour."

Avec un gémissement, j'ai rangé ma bite. Il n'y avait rien d'autre à faire que de faire demi-tour et de battre en retraite. Ma chaussure a heurté un fragment de poterie.

"Merde," dis-je. "Y a-t-il un balai par ici?"

"Je t'ai dit de ne pas t'inquiéter pour ça", dit Cami. "Cassie et moi allons nous en occuper."

Je n'aimais pas laisser le désordre derrière moi. "Est-ce que je ne peux rien faire?"

"Oui. Présentez-vous à l'heure pour m'épouser demain.

«Je serai à l'heure», promis-je. "Quoi qu'il en soit, je suis vraiment venu ici ce soir pour te dire une chose."

Elle pencha la tête. "Et qu'est-ce que c'est?"

"J'ai vraiment hâte de t'épouser, Camille Gentry."

Maintenant que j'avais fait ma déclaration, j'ai franchi la porte avec beaucoup plus d'art que la première fois et je me suis dirigé vers mon camion, souriant tout au long du trajet.

CHAPITRE 3

Curtis

Elle était stupéfiante, une putain de vision.

Je ne pouvais pas m'empêcher de regarder depuis ma position au bout de la file des garçons d'honneur.

Et la mariée avait l'air plutôt bien aussi.

Quand j'ai finalement réussi à détourner mes yeux de la beauté exquise de Cassie, j'ai pu apprécier que sa sœur était radieuse dans sa robe de mariée alors que Cord finissait de l'accompagner dans l'allée. Cord a tenu le bras de sa fille plus longtemps que nécessaire et a essuyé quelques larmes lorsque Dalton s'est avancé pour recevoir son épouse. Pendant un instant, je me suis demandé si le père de la mariée serait prêt à lâcher prise, mais après un autre sourire mélancolique envers sa fille, il s'est retiré à son siège à côté de sa femme. Saylor lui tapota le bras puis tendit la main.

Cassie a attiré mon attention, un ange dans sa robe de demoiselle d'honneur bleu pâle. Elle a souri. Je me demandais si elle pouvait lire dans mes pensées, et j'aurais aimé que ce soit nous qui nous mariions aujourd'hui. Nous en avions déjà parlé, convenant que cela se produirait une fois qu'elle aurait fini ses études. Je savais que je n'aurais jamais les ressources nécessaires pour lui offrir une scène aussi glamour mais je n'avais aucun doute qu'un jour nous aurions un moment comme celui-ci, un moment où nous nous levions devant nos amis et notre famille et faisions des promesses pour toujours. . Dans ma tête, je pouvais presque le voir se dérouler alors que je regardais la fille que j'aimais.

Ensuite, je me suis senti comme une sorte de connard pour avoir laissé mon esprit vagabonder pendant le mariage de Dalton et Cami, alors j'ai commencé à prêter attention à la cérémonie.

Cami et Dalton étaient la vraie affaire. Ils étaient deux des meilleures personnes que j'aie jamais connues et même un imbécile inconscient comme moi ne pouvait pas manquer la façon dont ils se tenaient la main à chaque occasion et plaisantaient constamment avec affection. Cami était un pétard saisissant, plein d'intelligence et d'esprit vif, des qualités bien adaptées à son métier de journaliste. Dalton, un ancien joueur de ballon professionnel, avait tendance à être plus décontracté, mais il pouvait se débrouiller grâce à l'esprit vif de Cami. Cassie m'a dit que sa sœur avait décidé de garder le mariage en petit comité, ce qui pour Cami et Dalton signifiait environ deux cents invités. Cela m'a un peu fait gratter la tête parce que je connaissais à peine vingt personnes que je voudrais inviter à un mariage, encore moins deux cents. Mais là encore, un bon pourcentage des invités présents étaient des membres de la famille élargie Gentry, ils commençaient donc avec un nombre assez solide. Quand j'ai jeté un coup d'œil autour de l'élégante salle, je n'ai eu aucun mal à les repérer occupant trois rangées de chaises derrière Cord et sa femme, ses tantes, ses oncles et ses cousins en abondance.

Dalton, quant à lui, ne manquait pas d'amis mais il n'avait pas beaucoup de famille. Ses parents avaient divorcé bien avant la mort de son père l'année dernière. Sa mère est arrivée seule et je pensais que Cassie avait mentionné qu'il avait quelques cousins qui prévoyaient de venir, mais le seul membre de la famille de Dalton que je connaissais était son frère Hale. Hale Tremaine se tenait aux côtés du marié avec une expression sérieuse et ressemblait tout à fait à un homme différent avec son smoking et son rasage en douceur.

"L'amour est ce que nous partageons tous", a tonné la voix de Deck Gentry, le chef officieux de la famille. J'avais été surpris d'apprendre qu'il présidait la cérémonie parce que je pensais qu'il fallait être prêtre ou juge ou quelque chose du genre. Mais il semblait que j'avais tort parce que Deck m'a dit qu'il était allé sur un site Web appelé Life Church of People, peu importe ce que c'était, et qu'il avait payé une somme modique pour être ordonné. Je pensais qu'il était plein de merde mais il m'a montré son certificat et là, il avait l'air très solennel dans une robe noire tout en disant des choses significatives sur l'amour qui m'ont un peu étouffé.

"Et nous avons tous nos propres histoires", a poursuivi Deck. « Qu'ils viennent tout juste de commencer, qu'ils soient en bonne voie ou qu'ils ne soient pas encore écrits. Nous avons tous la chance d'être ici avec Camille et Dalton alors qu'ils célèbrent le jour où ils prennent cet engagement durable l'un envers l'autre. Aujourd'hui, on nous rappelle que l'amour est la partie la meilleure et la plus pleine d'espoir de notre humanité. Et sur cette note, Camille et Dalton, je vous déclare maintenant épouse et mari.

Un léger soupir parcourut la foule des spectateurs alors que Cami levait le visage pour recevoir le baiser de Dalton. Ils formaient tous les deux une image enchanteresse et aucune photographie ne leur rendrait jamais justice. Deck avait raison. Nous avons tous eu la chance d'en être témoins. Mes yeux se sont éloignés de l'endroit où Cami et Dalton restaient passionnément fermés et ont trouvé Cassie. Elle s'essuya les yeux en observant sa jumelle bien-aimée.

Une fois la cérémonie terminée, l'ambiance s'est rapidement transformée en une célébration pleine d'énergie. Ma tâche consistait à aider à rassembler tous les invités dans le couloir jusqu'à la plus grande salle de bal où aurait lieu la réception. Cassie est restée proche de sa sœur et j'ai perdu sa trace dans la mer d'amis, de collègues et de Gentrys. D'une manière ou d'une autre, je me suis retrouvé à marcher aux côtés de Deck.

«Bon travail», lui dis-je. "Je n'aurais jamais imaginé que tu avais une âme aussi romantique."

Deck était indigné. « De quoi tu parles, Mulligan ? » dit-il en s'arrêtant pour jeter un regard affectueux à sa femme et à sa fille alors qu'elles marchaient juste devant nous. "Je suis le putain de roi de la romance."

"Apparemment, c'est le cas." Je lui ai donné un coup de coude avec un sourire. Nous nous connaissions bien. Deck avait été un ami de mon père autrefois et il m'avait aidé dans quelques situations de la vie depuis. Il était l'un des gentils dans un monde qui contenait trop de méchants.

Deck tripota le col de sa robe noire. Le matériau avait l'air de démanger.

« Est-ce que tu vas porter ce truc toute la nuit ? Je lui ai demandé.

Il sourit. "Bien sûr."

"Où l'as-tu trouvé, d'ailleurs ?"

« Un de mes amis est juge à une cour supérieure. »

"Vraiment?" La nouvelle ne m'a pas surpris. Le large éventail d'associés de Deck était généralement très diversifié. « Les juges ont-ils l'habitude de prêter leurs robes ?

"Peut-être. Mais j'ai acheté celui-ci dans une boutique d'Halloween en ligne.

La conversation a pris fin lorsque j'ai senti une traction sur ma manche et qu'une petite femme aux traits délicats de reine d'Angleterre m'a demandé où était cette merde. Elle a utilisé ce mot. Merde. Je ne savais pas qui elle était ni si elle assistait au mariage, mais je l'ai escortée à la recherche des toilettes les plus proches et j'ai tenu la porte ouverte pendant qu'elle souriait avant de mettre deux cents dans ma main. Je n'avais pas réalisé que les tâches d'aujourd'hui incluaient des pourboires. J'ai jeté les pièces dans une fontaine en marbre raffinée en revenant à la salle de réception.

Les gens entraient toujours dans la pièce tandis que Cami et Dalton recevaient leurs invités à la porte. Il y avait beaucoup de bourdonnement, de rires et d'exclamations de bons vœux ainsi que le parfum puissant de quarante sortes de parfums différents qui m'ont fait penser à la fois où Cassie m'a traîné au centre commercial Scottsdale Fashion Square. La file d'attente avançait rapidement parce que tout le monde était impatient de manger, de danser, de boire et de faire tout ce qu'ils faisaient lors des réceptions de mariage. Je n'en étais pas vraiment sûr. Je n'étais pas allée à un mariage depuis l'âge de dix ans et j'avais assisté aux noces barbecue dans la cour d'un voisin dans ma ville natale d'Emblem. Il n'y avait pas de fontaines en marbre.

"Curtis," me salua Dalton, me pompant la main avant de m'entraîner dans une étreinte maladroite d'une demi-seconde. "Merci pour votre aide."

"Félicitations", dis-je en lui donnant une tape affectueuse dans le dos avant de me tourner vers Cami et de lui offrir une poignée de main.

"Arrêtez la formalité et faites-moi un câlin", gronda-t-elle, enroulant ses bras autour de moi pour une serre amicale.

"Je ne voulais pas gâcher ta robe", expliquai-je en la serrant dans mes bras. "Sérieusement, je suis tellement heureux pour vous les gars."

Lorsque Cami m'a relâché pour prendre la main de son mari, je me suis retrouvé confronté à la demoiselle d'honneur.

"Puis-je en avoir un aussi?" » demanda Cassie en haussant un sourcil.

"Je pense que je peux en épargner un autre", dis-je en la rapprochant.

"Et n'aie pas peur de gâcher ma robe plus tard", me murmura-t-elle à l'oreille, mais avant que je sois trop excitée, elle dut reculer et s'occuper des affaires de mariage. Apparemment, Cami avait du mal à épingler la traîne de sa robe.

Cadence Gentry, la sœur cadette de Cami et Cassie, s'est précipitée. "J'ai dit au DJ d'annoncer votre grande entrée dans exactement une minute", a-t-elle déclaré.

Cadence était si souvent à l'université que je ne l'avais jamais vraiment bien connue. Elle partageait un mélange de qualités avec ses sœurs aînées. L'esprit de Cami, le charme de Cassie, plus une folle dose d'imprévisibilité.

Cassie baissa les yeux. "Qu'as-tu fait de tes chaussures?"

Cadence souleva sa robe et montra un pied nu pédicuré orné d'anneaux d'orteil argentés. « Les talons, ce n'est pas mon truc. Quoi qu'il en soit, je suis prêt à danser. J'ai dû abandonner le plaisir pour les yeux. Cela m'énervait. La plus jeune sœur Gentry m'a fait un signe de tête. "Curtis, tu danseras avec moi plus tard, n'est-ce pas ?"

"Attendez." Cassie était perplexe. « Vous avez abandonné Gareth ? »

Cadence jeta un coup d'œil à la cabine du DJ, distraite. "Ouais."

"Qui est Gareth?" » demanda Dalton.

"Son petit ami", répondit Cami.

"Je pensais qu'il s'appelait Tim", dis-je. J'avais rencontré ce gars plusieurs fois et je n'étais pas impressionné. C'était le genre de mâle bêta maussade qui avait l'air d'avoir dû faire la moue sur un panneau publicitaire pour une eau de Cologne à trois cents dollars.

Dalton était également confus. "Je pensais aussi qu'il s'appelait Tim."

"C'était le cas", dit Cadence avec impatience, comme si tout cela devait avoir un sens parfait.

"Avez-vous rompu?" Cassie voulait savoir.

Cadence en avait assez de parler de Tim-Not-Tim. "Pas grave. Ce n'est pas important."

Tout le monde avait déjà trouvé sa table assignée et attendait la prochaine étape, alors Cadence nous a en quelque sorte poussé Cassie et moi sur le côté avant de donner au DJ le signe du pouce levé pour mettre en lumière Cami et Dalton.

"Présentation de M. et Mme Tremaine!"

La salle a éclaté sous les applaudissements avec de nombreux hululements et cris, le plus fort venant de la table des cousins Gentry. J'ai repéré Brecken là-bas avec eux, et j'ai pensé que c'était un geste gentil de la part des Gentry de l'asseoir à une table familiale. Nous n'étions pas officiellement une famille mais nous avions toujours été traités comme si nous l'étions.

Ceux d'entre nous qui étaient présents à la noce ont pris place à la table d'honneur. Je me sentais un peu drôle d'être assis là-haut, comme si j'étais quelqu'un d'important, mais ensuite je me suis rappelé que cela n'avait pas d'importance parce que personne n'était intéressé à me regarder.

Hale était à ma gauche et fronçait les sourcils en regardant son verre de champagne cannelé. "J'espère qu'ils servent quelque chose de plus dur que cette merde pétillante."

Cami a murmuré quelque chose à Cadence, qui s'est précipitée vers le DJ pieds nus. Un instant plus tard, l'annonce arriva.

« Il y a un bar ouvert à l'arrière mais les mariés veulent vous rappeler de boire de manière responsable. Et absolument aucune personne de moins de vingt et un ans ne se verra servir d'alcool.

"Huer!" hurla Kellan Gentry mais je le vis se calmer et baisser la tête dès que sa mère pragmatique, Stephanie, lui lança un regard depuis la table voisine.

Hale était déjà levé de sa chaise. "Tu veux tout?" il m'a demandé.

J'ai secoué ma tête. Je n'étais pas un grand buveur. Surtout lors d'un événement où je devais faire preuve de mon meilleur comportement. "Non, ça va. Mais merci d'avoir demandé.

Hale hocha la tête et se dirigea vers le bar. Il était venu seul au mariage et je l'avais vu entrer en trombe dans le parking de l'hôtel sur son vélo, refusant qu'un smoking gêne son style. Il est resté à l'écart pendant si longtemps que j'avais fini mon dîner de steak quand il est finalement revenu. Pendant ce temps, un des copains de Dalton, qui jouait au ballon, m'avait arraché l'oreille. Le gars allait probablement bien si vous étiez d'humeur à vous concentrer sans fin sur des choses comme les zones de frappe et sur les pourcentages de base, mais j'étais heureux lorsque le repas s'est terminé et que le DJ a appelé les mariés à prendre la piste de danse.

Cami et Dalton ont dansé sur une nouvelle reprise de Your Song et ne semblaient pas se rendre compte qu'il y avait quelqu'un d'autre dans la pièce alors qu'ils se déplaçaient au rythme de la musique entre de fréquents baisers. Les gens avaient commencé à quitter leurs sièges pour se mêler et se diriger vers la piste de danse alors je me suis levé et j'ai tendu la main à Cassie.

"Tu veux danser, ma belle?"

Elle tourna vers moi son sourire lumineux et battit des cils avant de glisser sa main dans la mienne. "C'est juste ma chance d'être sollicité par le plus bel homme de la pièce."

Je ne reconnaissais pas la chanson qui jouait maintenant mais cela n'avait pas d'importance. Le rythme était suffisamment lent pour justifier de glisser mes bras autour de la taille de Cassie et de la rapprocher suffisamment pour sentir les douces courbes de son corps.

"Est-ce que je t'ai dit à quel point tu es magnifique?" Je lui ai murmuré à l'oreille et j'ai respiré le parfum vanillé de son parfum préféré.

Cassie pencha la tête en arrière, ses yeux bleus m'inspectant. "Vous n'êtes pas non plus trop dur avec les yeux, M. Mulligan."

Si Cassie et moi étions seules, les choses iraient très vite. Cependant, nous étions au milieu de la piste de danse lors du mariage de sa sœur, alors je me suis balancé au rythme de la musique et j'ai fait semblant d'être un gentleman.

La piste de danse était déjà bondée. Certains couples que j'ai reconnus, d'autres non. J'ai vu Creed, le frère de Cord, danser avec sa femme pleine d'entrain et bavarde, Truly. Ensuite, nous avons été dépassés par un couple glamour d'âge moyen qui dansait littéralement en cercle autour de nous, les slobs, plongeant et virevoltant comme des pros de la danse de salon. Je les avais déjà rencontrés une fois. Ils vivaient dans un endroit exotique et à l'étranger, mais je ne me souvenais plus où. C'était peut-être le Portugal. L'homme, Brayden, était un cousin de la mère de Cassie.

"Ça a l'air bien, Millie", appela Cassie à la femme de Brayden alors qu'ils passaient tous les deux. Ils s'arrêtèrent assez longtemps pour que Millie lui envoie un baiser.

Sur le côté, j'ai repéré la plus jeune sœur Gentry en train de parler à ses parents. Cord fronça les sourcils et haussa les épaules pendant que Saylor tapait maternellement le bras de sa fille avant de permettre à son mari de la conduire sur la piste de danse.

"Hé, quel était le problème avec le petit ami de Cadence ?" J'ai demandé.

"Oh, lui." Cassie fronça son joli nez. « Elle m'a raconté l'histoire au dîner. Ma sœur peut être inconstante, mais Gareth, anciennement connu sous le nom de Tim, se révélait trop exigeant.

"Reculons d'un pas", dis-je. "C'est quoi ce changement de nom ?"

«Cela s'est produit il y a quelques semaines. Il le change pour sa carrière de mannequin ou quelque chose du genre. Juste avant la cérémonie, il a envoyé un texto à Cadence pour lui dire qu'il souffrait d'une crise d'hypoglycémie. Elle lui a dit qu'il y avait un stand de café dans le hall avec de nombreuses collations, mais il a dit que la seule chose qu'il voulait était un hamburger sans gluten. Elle lui a dit d'arrêter d'être une telle prima donna et il lui a répondu qu'elle était une salope égoïste, alors elle lui a suggéré d'aller chercher son hamburger sans gluten et de le coller ensuite dans son cul osseux et ciré.

J'ai reniflé. "Bien pour Cadence."

Cassie sourit. "J'ai le sentiment qu'elle va s'en remettre."

J'ai fait signe à travers la pièce. "J'ai le sentiment qu'elle est déjà rétablie."

Cadence discutait maintenant avec le DJ, un homme barbu d'une vingtaine d'années avec divers piercings au visage, et je pouvais dire à son expression enthousiaste qu'il était très intéressé par tout ce qu'elle avait à dire. Mais après avoir obtenu une sorte de promesse de la part du gars, Cadence a affiché un sourire poli et ne s'est pas attardé. Elle a immédiatement cherché son grand-père aux cheveux gris et l'a fait sortir de sa chaise. Il était le père de Saylor, le seul grand-parent présent au mariage. Les deux parents de Cord étaient morts et Saylor et sa mère étaient séparés depuis des décennies.

Probablement grâce à l'intervention de Cadence, la musique s'est brusquement transformée en un rythme de fête palpitant, un de ces airs rétro des années 80 qui font bouger tout le monde. La salle est devenue instantanément plus fréquentée et nous avons dû nous adapter au nouveau rythme. Je n'étais pas vraiment un roi de la danse et j'avais l'impression d'être une sorte de blague en essayant, mais j'aimais regarder le corps sexy de ma copine alors qu'elle bougeait au rythme de la musique, alors j'ai joué le jeu. Brecken n'était plus dans mon champ de vision depuis un moment, mais j'avais la certitude que, où qu'il se trouve dans cette foule, il allait bien.

"Allez grand-père!" Cassie poussa un cri tandis que l'homme faisait de son mieux pour suivre Cadence, agile et pieds nus.

Le père de Saylor a ri et m'a fait signe et j'ai pensé que si le vieil homme pouvait être un sport, alors moi aussi, alors j'ai intensifié mon jeu, faisant tournoyer Cassie de manière impressionnante, la plongeant pour lui voler un baiser avant de me transformer en ma meilleure imitation de Patrick Swayze Dirty Dancing, qui Ce n'était probablement pas très bon du tout, mais je l'ai fait rire et elle m'a pris dans ses bras.

"Je vois que tu as gardé certains de tes talents secrets", rigola-t-elle.

«Je ne savais pas que j'avais ça en moi», avouai-je.

Elle se balançait encore au rythme dans mes bras lorsque son père s'approcha et lui tapota l'épaule.

"Ta mère a besoin de toi," dit-il et je connaissais Cord assez bien pour voir que quelque chose le dérangeait. Ses yeux bleus, si semblables à ceux de sa fille, étaient plissés de tension. Cassie m'a serré la main avant de suivre son père à travers la foule et jusqu'à la porte de la salle de réception. J'ai pensé à les poursuivre pour voir si je pouvais aider quelque chose, mais ensuite j'ai pensé que si c'était le cas, Cord n'aurait pas hésité à demander.

Personne autour de nous ne semblait avoir remarqué que quelque chose d'inhabituel venait de se produire. Cami était maintenant par terre, dansant sur Footloose avec certains de ses amis. Cadence et son grand-père avaient été rejoints par certains des plus jeunes cousins de Gentry et j'ai vu la femme de Creed, Truly, chasser son fils Jake du banc de touche et sur la piste de danse avec elle. Jake vivait à Portland et nous rendait visite pour les vacances et les mariages, mais comme nous n'avions jamais trouvé de raison de nous dire plus de dix mots, il était un mystère pour moi. Le sentiment était probablement réciproque. Jake hocha poliment la tête dans ma direction alors que je me faufilais devant lui et sa mère.

En me faufilant dans le labyrinthe de tables, je suis tombé sur Creed et Chase Gentry, les frères de Cord. Tous les trois étaient des triplés et même s'il était facile de les distinguer par leur apparence, la différence marquée résidait en réalité dans leur personnalité. Même s'ils étaient aussi proches que n'importe quel frère, Cassie m'a dit un jour que ses oncles étaient comme les extrémités opposées de l'échelle tandis que Cord était leur équilibre. D'après ce que j'ai pu voir, Creed et Chase Gentry étaient dans un état de désaccord perpétuel. En fait, ils se disputaient à propos de quelque chose en ce moment.

"Que diable?" Creed grogna. "Rendez-le avant de tout gâcher encore plus." Il attrapa le téléphone que son frère regardait, mais Chase pivota pour éviter sa portée.

"Vous avez trop d'applications, de jeux et de conneries ici", a déclaré Chase. "C'est pourquoi vous avez manqué de stockage."

"Que fais-tu?"

"Je supprime certaines choses."

"Ne fais pas ça."

"Pourquoi?"

"Tu vas foutre en l'air quelque chose dont j'ai besoin."

"Creed, je ne savais pas que tu jouais à Sugar Rush Village."

"Arrête-le."

"Si j'avais su cela, je t'aurais envoyé un défi de cupcakes."

À cet instant, les deux hommes levèrent les yeux et réalisèrent qu'ils avaient un public. Ils m'ont regardé.

"Salut, Curtis." L'accueil de Chase fut amical et il agita le téléphone de Creed en l'air.

Creed en profita pour récupérer la chose.

Chase l'ignora et resta concentré sur moi. "Nous parlions de toi il y a quelques minutes."

"Ouais?" Dis-je, m'interrogeant sur la soudaine lueur espiègle dans les yeux de Chase. "Devrais-je m'inquiéter?"

Creed fourra son téléphone dans sa poche arrière, croisa les bras sur sa large poitrine et lança un regard renfrogné à son frère avant de s'adresser à moi. "Ne faites pas attention à lui."

Chase était offensé. « C'est vous qui vous plaigniez des intentions à long terme de ce jeune homme envers notre précieuse nièce. Le moins que vous puissiez faire est de le lui dire en face.

Creed rougit. "Chase, est-ce que quelqu'un t'a déjà dit que tu devais vraiment filtrer ce qui sort de ta bouche ?"

"Tu me dis ça," Chase haussa les épaules. « Presque à chaque fois que je te vois. C'est en fait plutôt ennuyeux. Dieu merci, je ne suis pas facilement offensé.

Creed me regarda avec excuse. "Désolé. Je ne peux l'emmener nulle part.

"Pas de soucis", dis-je, amusé par les plaisanteries des frères. Il n'y avait aucun doute dans mon esprit que ces hommes feraient n'importe quoi les uns pour les autres. J'espérais que dans les années à venir j'aurais le même genre de relation avec mes propres frères. Brecken et moi avions déjà une base solide. Tristan, c'était une autre affaire.

« Je peux vous assurer », ai-je dit aux oncles de Cassie, « que je n'ai que les intentions les plus honnêtes envers votre nièce et que je l'aime de tout mon cœur. »

Les mots semblaient stupides comme de la merde. Je voulais dire chacun d'eux. Apparemment, ils ont réussi à convaincre les oncles de Cassie.

"Tu vas bien, Curtis," dit Creed en lançant à son frère un regard d'avertissement.

"Oui," Chase acquiesça. « Vous êtes libre de rejoindre la famille à tout moment. Au fait, avez-vous envisagé de changer votre nom de famille pour Gentry ? J'ai essayé d'en convaincre Dalton, mais il a gracieusement refusé.

J'ai ri. "Je vais y penser."

Ensuite, j'ai laissé les deux frères reprendre leur dispute à propos de Sugar Rush Village mais je me suis demandé si mon avenir avec Cassie était un sujet de conversation fréquent dans la famille. Je ne pouvais pas leur reprocher de spéculer, mais il n'y avait aucune raison de spéculer. Cassie était ma vie pour toujours. Je sauterais sur l'occasion d'épouser cette fille demain.

La musique était toujours forte et personne en vue ne semblait alarmé, alors peut-être que ce qui troublait Cord n'était pas grave. Il faisait chaud dans la pièce, alors je me suis arrêté au bar pour prendre une tasse d'eau et j'ai observé que Hale était juste devant moi en train de commander une couronne et du Coca. Non pas que cela me regarde, mais je me demandais combien il en avait déjà. Peut-être qu'il avait prévu de dormir sans effets ce soir dans une chambre du complexe.

Dalton discutait avec une table remplie de belles personnes qui avaient l'air d'avoir mangé de l'argent au petit-déjeuner. Je ne savais pas s'ils étaient amis ou associés. Il m'a repéré et s'est excusé un instant.

"Il se passe quelque chose ?" Il a demandé. «J'ai vu Izzy pleurer il y a quelques minutes. Elle a quitté la salle de bal avec ses parents. Puis j'ai vu Cord et Saylor suivre.

"Izzy pleurait?" Ai-je demandé, légèrement alarmé. Isabella Gentry était la fille adolescente bien-aimée de Deck. Je ne me souvenais pas de l'avoir déjà vue fondre en larmes auparavant. Je me demandais ce qui avait pu arriver et si c'était lié au visage tendu de Cord.

Dalton hocha la tête et je scrutai la pièce à la recherche de la moindre trace de Deck et de sa famille. Je ne les ai pas vus. Juste au moment où j'étais sur le point de proposer de rechercher des informations, Cassie est réapparue. Son visage était pincé et elle s'arrêta pour parler à la femme de Chase, Stephanie. La main de Stéphanie vola vers sa bouche pendant une seconde, puis elle fit signe à son mari, qui se dirigea immédiatement vers elle avec Creed sur ses talons. Cassie a laissé Stéphanie expliquer à ses oncles et s'est dirigée vers nous.

"Qu'est-ce qui ne va pas?" Je lui ai demandé.

Cassie se mordit la lèvre inférieure et regarda autour d'elle, probablement à la recherche de Cami, qui était toujours sur la piste de danse sans se rendre compte que quelque chose s'était mal passé.

«C'est Izzy. Apparemment, elle a eu de graves douleurs à l'estomac toute la journée, mais elle ne voulait pas manquer le mariage, alors elle n'en a pas parlé à ses parents. Mais après le dîner, la douleur est devenue si intense qu'elle s'est effondrée et s'est mise à sangloter. Elle pouvait à peine se tenir debout à ce moment-là, alors Deck et Jenny l'emmènent à l'hôpital.

"Merde," dis-je. "Ça n'a pas l'air bien."

"Y a-t-il quelque chose que nous puissions faire?" » demanda Dalton.

Cassie secoua la tête. "Non je ne pense pas. Ils sont déjà partis et l'hôpital est à moins de huit kilomètres. Mon père voulait les suivre là-bas, mais Deck lui a dit qu'ils l'appelleraient immédiatement pour lui donner des nouvelles. Elle tendit le cou. « Je vais retrouver le reste de la famille pour le leur faire savoir. Dalton, tu penses que tu pourrais mettre Cami à l'écart ? Elle voudra certainement entendre ça.

"J'y suis", a déclaré Dalton et a immédiatement commencé à parcourir la foule du mariage.

"Dis-moi quoi faire", dis-je à Cassie, le ventre noué en pensant à Deck Gentry et à tout ce qu'il avait fait pour moi, pour mes frères, pour tous ceux qui avaient la chance de l'appeler ami ou famille. Il aimait sa fille unique au-delà des mots et il devait être malade d'inquiétude en ce moment. «Je ferai en sorte que cela se produise. Tout ce dont quelqu'un a besoin.

Cassie m'a fait un petit sourire. « Izzy nous a fait promettre que nous n'écourterions pas la réception. Alors continuons la fête et restons positifs.

J'ai hoché la tête. "Je suis sûr qu'elle ira bien", dis-je. "C'est la fille de Deck, donc elle est faite de matériaux durs."

"C'est vrai," dit Cassie.

Elle a tendu la main pour déposer un rapide baiser sur mes lèvres puis s'est rendue à une table où d'autres parents de Gentry riaient ensemble. Stone et Conway Gentry étaient propriétaires de trois garages locaux, même s'ils étaient autrefois des garçons d'Emblème d'une petite ville issus d'une situation familiale merdique. Comme beaucoup d'entre nous qui s'étaient sortis de mauvaises circonstances, ils avaient démarré grâce au coup de pouce de Deck. Ils étaient désormais pères, maris et hommes d'affaires prospères. La jolie et petite épouse de Stone, Evie, a vu Cassie s'approcher en premier et s'est levée de sa chaise avec un sourire aux lèvres, mais le sourire a rapidement disparu dès que Cassie a commencé à parler.

Je ne pouvais pas vraiment rester là à regarder tout le monde, impuissant. En plus, ma vessie éclatait. Les toilettes les plus proches se trouvaient dans le couloir où j'avais escorté cette gentille vieille dame dont j'avais appris depuis qu'elle était une ancienne grand-tante du côté de Cami. Elle avait fait le voyage depuis Emblem avec le père de Saylor.

Après avoir réglé mes affaires, j'ai décidé de chercher Cord puisque je ne l'avais pas vu revenir à la salle de bal avec Cassie. Je voulais juste qu'il sache que j'étais là et que j'étais heureux de l'aider.

Cord n'était nulle part en vue mais j'ai croisé quelqu'un d'autre. Derek Gentry était assis sur un banc de pierre dans une alcôve à moitié cachée, sans autre compagnie qu'une bouteille de schnaps à moitié vide alors qu'il regardait par une baie vitrée dans l'obscurité.

« Derek ? » J'ai poussé parce qu'il ne semblait pas remarquer ma présence.

Il sursauta, l'agacement et une pointe de culpabilité sur le visage, mais se détendit quand il vit que c'était juste moi.

"Hé, mec," dit-il en rangeant rapidement la bouteille comme si je n'avais pas d'yeux.

"Es-tu assis ici depuis longtemps?" J'ai demandé, curieux de savoir pourquoi Derek, qui semblait toujours avoir un rang élevé sur l'échelle de sociabilité, viderait tout seul une bouteille dans un coin tranquille. Il était possible qu'il ait une raison. Un gars pourrait chercher un moment de calme comme celui-ci s'il passait une journée vraiment merdique. Ou s'il ne voulait pas que quiconque sache à quel point il avait besoin de boire.

Derek bougea et toussa, visiblement embarrassé. "Pas trop longtemps", dit-il.

Cela ne me regardait pas mais je me sentais néanmoins comme un grand frère dans cette situation. Même si Derek n'était pas un enfant, il était le fils de Chase et Chase avait toujours fait de son mieux pour être gentil avec Brecken, lui donnant des cours particuliers dans les matières scolaires, y compris lors de voyages aux matchs des ligues majeures et à d'autres événements avec ses propres fils.

J'ai croisé les bras. "Puis-je vous demander quelque chose?"

Il haussa les épaules. "Tirer."

« Es-tu assez vieux pour traîner avec cette bouteille ? »

"Pas assez. Est-ce que c'est vraiment important?"

D'un point de vue légal, Derek était techniquement un homme même s'il n'était pas assez vieux pour boire. Quoi qu'il en soit, je n'avais pas le pouvoir de jeter beaucoup d'ombre, pas alors qu'il y a quelques années, je faisais bien pire que de prendre quelques verres en cachette lors d'une réception familiale.

"Vous devriez aller voir vos parents", dis-je, évitant sa question.

Maintenant, il était curieux. "Pourquoi ?"

« Votre cousine Izzy a été emmenée à l'hôpital. Elle avait des problèmes d'estomac et ses parents voulaient la faire examiner immédiatement.

Il fronça les sourcils. "Est-ce qu'elle va bien ?"

"Je l'espère. Deck a dit qu'il appellerait s'il y avait quelque chose à craindre.

"Ça craint," dit-il avec une grimace mais il se leva. J'ai remarqué la façon dont il tenait toujours la bouteille et la façon dont il la regardait. Il y avait quelque chose dans son expression qui me mettait mal à l'aise. J'avais connu beaucoup de toxicomanes à mon époque et je connaissais ce regard, ce regard assoiffé. Je n'aimais pas voir cette expression sur le visage de Derek et j'ai pris note mentalement d'en parler à Cassie plus tard.

"Laisse-moi m'occuper de ça pour toi", dis-je, essayant de paraître décontracté et tendant la main pour prendre la bouteille.

Quelque chose passa dans les yeux de Derek mais il haussa les épaules et lui tendit la bouteille comme si ce n'était pas grave. "Si tu veux."

J'ai tenu la bouteille et je l'ai scruté. Derek devait avoir vingt ans maintenant et aux dernières nouvelles, il vivait près de l'université, allait à l'école et travaillait à temps partiel dans l'un des garages de Stone et Conway. Il avait le look Gentry aux larges épaules et au soleil et j'étais sûr qu'il n'avait aucune difficulté à attirer autant d'attention féminine qu'il le souhaitait. Il n'avait jamais eu de réels problèmes et il n'y avait aucune raison de penser qu'il en trouverait un jour. C'était un enfant honnête, issu d'un bon foyer. Il n'y avait pas lieu de s'inquiéter pour lui, du moins pas ce soir.

« Tu as besoin de te ramener à la maison plus tard ? » Je lui ai demandé sur un ton que j'espérais amical.

Il s'étira. «Non. J'ai ma voiture.

Mon ton se durcit. "Ce que tu ne devrais absolument pas conduire si tu as bu la moitié de cette foutue bouteille."

"Détends-toi, mec," rit Derek avant de me pousser avec bonhomie. « Kellan sait conduire. Je vais lui donner les clés.

Il fourra ses mains dans ses poches et siffla en s'éloignant. Je l'ai regardé partir, remarquant qu'il ne trébuchait pas et ne paraissait pas affaibli. Pourtant, cela ne voulait pas toujours dire de la merde et j'étais heureux qu'il comprenne qu'il n'était pas apte à prendre le volant.

J'ai jeté la bouteille dans la poubelle la plus proche et je suis retourné à la réception de mariage.

Cassie s'est allumée quand elle m'a vu arriver. J'ai rapidement glissé mon bras autour de sa taille et l'ai ramenée sur la piste de danse pour profiter des allers-retours sur When A Man Loves A Woman.

J'ai essayé de me concentrer sur le moment où j'avais ma fille dans mes bras et dansais sur la chanson parfaite mais mon esprit s'égarait et j'ai pensé à la jeune Izzy. J'ai offert une prière silencieuse même si je ne savais pas comment prier.

Mes yeux se posèrent brièvement sur une table non loin de la piste de danse où Derek harcelait son frère Kellan d'une manière qui me rappelait Chase et Creed. Les jeunes adolescents de Gentry et Brecken semblaient divertis par le spectacle et j'étais convaincu que tout allait bien dans ce coin.

"Je t'aime", a murmuré Cassie et cela m'a rappelé qu'il y avait de nombreuses raisons d'être reconnaissant et plein d'espoir en ce moment. Malgré la situation inquiétante de la fille de Deck, la journée devait se terminer bien.

"Je t'aime aussi", dis-je, remarquant que Cami et Dalton s'embrassaient profondément à six pieds de là.

Ouais, cette journée était destinée à se terminer bien.

Je n'arrêtais pas de me dire ça.
Je ne comprenais pas pourquoi je n'arrivais pas à y croire.

CHAPITRE 4

Dalton

« Nous l'avons fait », dit-elle en bâillant tandis qu'elle se retournait pour presser sa joue contre ma poitrine en sueur.

J'ai joué avec les extrémités de ses longs cheveux, puis j'ai laissé mes doigts parcourir la peau nue du bas de son dos d'une manière lente et délibérée qui, je savais par expérience, la ferait frissonner.

"Nous avons réussi à nous en sortir", ai-je accepté, me sentant plutôt fier de ce qui s'était passé dans cette pièce au cours de la dernière heure.

J'étais impatient que la réception suive son cours pour que nous puissions nous diriger droit ici. La suite lune de miel avait été fortement agrémentée de pétales de roses fraîches selon mes commandes et était la chambre la plus luxueuse disponible, mais cela n'avait guère d'importance. Une fois que j'ai porté ma fiancée sur le seuil, nous n'avons pas passé beaucoup de temps à vérifier les lieux. Nous étions trop occupés les uns avec les autres.

Cami leva la tête et sourit. "Je ne faisais pas référence à la sexualité, même s'il est vrai qu'autrefois, un mariage n'était juridiquement contraignant que lorsqu'il était physiquement consommé."

"D'après mes calculs, nous avons atteint physiquement quatre positions différentes jusqu'à présent, donc je dirais que nous sommes juridiquement contraignants."

"Vous avez raison", acquiesça-t-elle. "Il semble qu'il n'y ait plus moyen de se débarrasser de moi maintenant."

Je laisse mes mains descendre plus bas. "Je suppose que je vais juste devoir te garder."

Un son s'échappa du fond de sa gorge, le genre de demi-gémissement haletant qu'elle poussait quand elle aimait ce que je faisais.

"Je pense que j'aimerai être gardé par toi", dit-elle.

Je la rapprochai et me penchai en avant, l'embrassant longuement et lentement.

Ma femme.

J'ai tellement aimé ces mots que je les ai murmurés à voix haute. "Ma femme."

« Mon mari », murmura-t-elle.

Si la journée n'avait pas été si longue et si nous ne nous étions pas déjà épuisés avec les sports sexuels, nous aurions continué. Mais ensuite Cami bâilla à nouveau et s'installa sur ma poitrine. Pour l'instant, je me contentais d'éteindre la lampe de chevet, de la serrer contre moi et d'attendre le sommeil. Nous avons passé le reste de notre vie ensemble.

Les images d'aujourd'hui n'arrêtaient pas de me venir à l'esprit après avoir fermé les yeux. Il y avait la vision à couper le souffle de Cami marchant vers moi au bras de son père, la façon dont son visage semblait pris dans mes mains alors que je me penchais pour notre premier baiser marié, la vue des parents éternellement romantiques de Cami s'enlaçant au milieu de la piste de danse, le rare câlin de mon frère unique alors qu'il étouffait ses sincères félicitations.

La seule tache de la journée était la nouvelle concernant la jeune cousine de Cami, Isabella. Au milieu de l'accueil, ses parents l'avaient transportée d'urgence à l'hôpital en raison de douleurs abdominales intenses. Une heure plus tard, nous avons appris que la pauvre Izzy souffrait d'une crise d'appendicite et nécessitait une intervention chirurgicale d'urgence. Heureusement, on s'attendait à ce qu'elle se rétablisse complètement. Cami m'a demandé si j'étais d'accord pour passer à l'hôpital demain avant de nous rendre à notre destination de lune de miel. Bien sûr, j'étais d'accord avec ça. J'ai adoré la proximité de la famille Gentry. J'aurais volontiers reporté le voyage si quelqu'un avait besoin de nous.

Mes pensées ont commencé à errer dans un territoire moins classé PG alors que je me souvenais de la photo sexy de ma mariée enlevant sa robe de mariée dès que nous étions seuls ensemble.

Tous ces rounds de baise énergique auraient dû me tapoter la bite à ce stade, mais le souvenir de Cami poussant sa robe sur ses hanches me rendait à nouveau dur. Dommage qu'elle soit déjà au pays des rêves. J'ai fait parler ma bite en récitant mentalement les moyennes au bâton à vie de mes joueurs préférés du Temple de la renommée. Je suis resté coincé sur Roberto Clemente et je me suis fait une vague promesse de vérifier demain. C'est la dernière chose dont je me souvenais jusqu'à ce que le téléphone se mette à sonner.

Cami avait une de ces sonneries rétro qui ressemblait à une cloche à l'ancienne, donc je savais que c'était son téléphone, pas le mien. Le bruit ne l'a pas réveillée. Elle s'est simplement roulée sur l'autre oreiller pendant que je sortais du lit pour localiser la chose.

Mon sentiment de malaise s'est accru alors que le téléphone continuait de bêler. Un rapide coup d'œil à l'horloge de chevet indiqua qu'il était presque deux heures du matin. Personne ne devrait appeler Cami en ce moment. Pas lors de sa nuit de noces.

Sauf s'il s'agissait d'une urgence.

Le téléphone avait été laissé sur une table ronde près de la porte. Je l'ai ramassé, mes yeux s'opposant à la luminosité de l'écran, mon cœur s'opposant au nom de l'appelant.

"Cordon", ai-je dit au téléphone. "Qu'est-ce qui ne va pas?"

"Dalton?" Mon nouveau beau-père parut surpris d'entendre ma voix. Il expira bruyamment. "Dalton, je suis désolé."

Des doigts froids parcoururent ma colonne vertébrale. « Est-ce que c'est Izzy ? Est-ce qu'elle va bien?"

Cord fit une pause. « Izzy est dans sa chambre d'hôpital en convalescence. J'ai reparlé à Deck après la réception. Elle ira bien.

"C'est un soulagement", dis-je. Mais il restait une question. Une question que je ne voulais pas poser. « Alors, qui ne ira pas bien, Cord ? »

Parce qu'il devait y avoir une raison pour laquelle Cord Gentry appelait sa fille lors de sa nuit de noces à deux heures du matin. Il devait y avoir une mauvaise raison pour qu'il fasse cela. Mon esprit parcourut tous les visages de la grande famille élargie de Cami, les personnes que j'avais depuis longtemps commencé à considérer comme ma propre famille.

"Il y a eu un accident", a déclaré Cord et j'ai eu le sentiment que c'étaient les derniers mots qu'il voulait dire. Il y avait une épaisseur dans sa voix, une profonde tristesse. Mais il ne pleurait pas. Cord était le père de famille par excellence et si quelque chose de terrible était arrivé à quelqu'un dans sa famille, il aurait à peine pu parler de son chagrin.

« Un accident », répétai-je.

"Oui."

"OMS?"

"C'est ton frere. C'est Hale. Vous devez venir à l'hôpital.

La vie a pris pendant un petit moment une qualité plutôt floue. Avec un calme qui semblait robotique, j'ai demandé à Cord le nom de l'hôpital. Je l'ai remercié d'avoir appelé. J'ai trouvé une paire de sweats et un t-shirt dans mon sac de voyage et j'ai doucement secoué Cami pour la réveiller, lui expliquant pourquoi nous devions y aller.

J'étais calme jusqu'à ce que nous atteignions mon camion, qui était toujours orné de banderoles et de pancartes, les fenêtres portant des lettres à la craie liquide indiquant « Just Married ». Puis, lorsque j'ai essayé d'enfoncer ma clé dans le contact, ma main a tremblé. Cami a proposé de conduire mais j'ai secoué la tête. L'hôpital du Saint Samaritain n'était qu'à quelques kilomètres de là, mais je ne voulais pas passer ne serait-ce qu'un court instant sur le siège passager à regarder par la fenêtre et à penser au pire. Il y a quelques minutes, alors que Cami enfilait précipitamment des vêtements, j'avais appelé le téléphone portable de mon frère. Il n'y avait pas de réponse. Je ne pensais pas qu'il y en aurait.

Cami ne m'a pas offert de fausses assurances. Son esprit était trop centré sur les faits et honnête. Elle savait que les nouvelles devaient être mauvaises et elle ne pouvait pas se résoudre à dire des choses qui n'étaient pas vraies.

Le parking de l'hôpital était plein. Qu'est-ce qui, au milieu de la nuit, a déclenché une série de tragédies ? J'ai eu la chance de trouver une place à seulement quelques dizaines de mètres de l'entrée des urgences. Cami m'a tenu le bras alors que nous nous dirigions vers la porte vitrée sous les lettres cramoisies.

Ses parents nous attendaient dans le hall. Ils avaient l'air plus jeunes qu'ils ne l'étaient, debout dans la lumière crue de la salle d'urgence de l'hôpital, les mains entrelacées. Ils s'étaient mariés jeunes et avaient une vingtaine d'années lorsque Cami et Cassie sont nées. Les yeux de Saylor se sont remplis quand elle m'a vu et elle s'est mordu la lèvre comme si elle essayait de l'empêcher de trembler. La prise de Cami s'est resserrée sur mon bras et je savais qu'elle pensait la même chose que moi. Aussi mauvaise que nous pensions que cette situation était, elle était destinée à être pire.

"Où est-il?" J'ai demandé.

Cord m'a regardé dans les yeux. Quand j'avais rencontré Cami pour la première fois, il pensait que j'étais trop vieille pour sa fille, peut-être trop mondaine. Mais à part quelques difficultés au début, nous nous entendions plutôt bien depuis. Peut-être que lui et moi n'étions pas aussi proches que lui avec Curtis, mais tant pis. Après tout, Curtis travaillait pour lui, était originaire de la même ville natale sombre et semblait être taillé dans le même genre de tissu de dur à cuire. Mais le père de Cami et moi partagions de nombreux points communs. J'ai toujours apprécié qu'il soit le genre d'homme qui n'hésiterait pas à vous faire savoir où il en était. Et à cet instant précis, il me regardait avec la plus profonde sympathie.

"Il a été amené avec un grave traumatisme crânien", a déclaré Cord. « Je sais qu'il est opéré, mais nous n'avons pas pu obtenir de nouvelles parce que nous ne sommes pas de la famille immédiate. Je suis désolé, Dalton. J'aurais aussi appelé ta mère si j'avais su comment la contacter.

«Elle restait chez un ami alors qu'elle était en ville pour le mariage», ai-je dit. "Je vais l'appeler maintenant."

J'avais déjà mon téléphone sorti et je me retirais dans un coin pour passer l'appel quand j'ai remarqué quelque chose de bizarre. Cord et Saylor n'étaient pas les seuls Gentry ici. Cadence était assise sur une chaise en plastique dans un coin et semblait réconforter son cousin adolescent, Thomas, qui se penchait en avant, les coudes sur les genoux, la tête baissée dans une pose qui lui donnait l'air d'être malade ou souffrant.

Ce fait eut à peine le temps de comprendre qu'une double porte s'ouvrit et que Chase, le frère de Cord, sortit, accompagné de sa femme, Stephanie. Ils semblaient tous les deux étrangement hébétés et à la limite désemparés. Cord se dirigea directement vers son frère et l'enveloppa dans une étreinte tandis que Stephanie acceptait l'étreinte de Saylor au milieu de murmures apaisants et rien de tout cela n'avait de sens pour moi. Quelque chose d'autre s'était produit, quelque chose d'autre qui les avait tous amenés ici. Cami a assisté à la scène bouche bée et s'est tournée vers moi avec des yeux perplexes.

Par un étrange caprice du destin, j'avais rencontré Chase Gentry bien avant de connaître Cami. C'était mon professeur au lycée. Mon professeur préféré de tous les temps. Le genre d'éducateur rare et spécialisé qui prend le temps de faire une réelle différence auprès des enfants qu'il rencontre. Cela n'avait aucun sens que lui et sa femme soient ici et cela n'avait aucun sens qu'ils soient si bouleversés. J'ai essayé de me rappeler si Chase avait également enseigné à Hale au lycée, mais ce détail m'a échappé. Ils doivent être ici pour une autre raison. Lors d'une nuit ordinaire, je l'aurais approché pour savoir s'il avait besoin de quelque chose. Cependant, ce n'était pas une nuit ordinaire.

Le téléphone est resté dans ma main, prêt à se connecter à ma mère, mais je n'ai pas procédé à l'appel. Je restais là à regarder le spectacle de Chase embrassant son frère et j'ai été à nouveau frappé par l'étrange coïncidence, que toutes ces années après être entré dans la classe de M.

Gentry, nous nous retrouvions ici dans la salle d'urgence d'un hôpital au milieu de la nuit. . Il y avait une raison, un lien, même si je n'avais pas encore fait le lien.

Chose étrange, coïncidence. Chance. Destin. Peu importe comment tu veux l'appeler. On ne sait pas quand ni où il refait surface.

« La famille de Hale Tremaine ? » interrogea un médecin. Au moins, je pensais qu'elle était médecin. Elle était vêtue de la tête aux pieds de blouses couleur menthe, comme si elle sortait tout juste d'une opération au cerveau.

"Ici." J'ai remis mon téléphone dans ma poche. Je pourrais aussi bien avoir des nouvelles avant d'appeler ma mère.

«Je suis son frère», expliquai-je en m'approchant du médecin. "Dalton Tremaine."

Cami se tenait tranquillement à mes côtés et j'ai glissé mon bras autour d'elle, gagnant en force en la tenant. Ce serait bien. Ça devait aller. Hale sortait de l'opération avec un mal de tête et peut-être une ou deux cicatrices. S'il avait besoin d'un endroit où rester pendant sa convalescence, il pourrait rester avec Cami et moi. Du coin de l'œil, j'ai vu les portes d'entrée vitrées s'ouvrir. Cassie et Curtis étaient là. L'endroit devenait de plus en plus fréquenté de seconde en seconde.

«Je suis le Dr Shevchenko», dit la femme, sa voix gentille mais peu révélatrice, un vernis de professionnalisme fermement en place. "Allons nous asseoir."

Elle ne fit pas signe aux chaises de la salle d'attente mais ouvrit plutôt l'une des doubles portes. Les émissions de télévision ont tendance à décrire les salles d'urgence comme des ruches d'activités frénétiques avec des gens criant des choses comme « Défibrillateur, stat ! » mais il n'y avait aucun chaos en vue. Alors que nous suivions le Dr Shevchenko devant un long comptoir entouré de stands recouverts de rideaux, il n'y avait pas beaucoup de monde qui se promenait. Une infirmière fronça les sourcils devant un écran d'ordinateur. Un médecin s'est arrêté au comptoir et a griffonné sa signature sur un presse-papiers rempli de papiers.

Et puis il y avait Kellan Gentry.

"Kellan ?" » dit Cami d'une voix hésitante, comme si elle n'était pas convaincue que le jeune homme garé dans un fauteuil roulant et regardant la main lourdement bandée sur ses genoux était vraiment son cousin.

La tête de Kellan se releva brusquement au son de son nom. Le côté gauche de son visage était enflé et marbré de nouvelles ecchymoses.

"Qu'est-ce qui t'est arrivé?" » demanda Camille.

Kellan bougea son bras et grimaça. "Je vais bien. J'ai juste été un peu renversé dans l'accident.

« Vous avez eu un accident ? » Dis-je en remarquant que le Dr Shevchenko se trouvait à huit pieds de là, observant et attendant patiemment.

Kellan hocha lentement la tête. "Ouais," dit-il et ses yeux se décalèrent, comme s'il ne voulait pas croiser mon regard. Mais non, il surveillait simplement le policier en uniforme qui montait la garde à proximité.

"M. Tremaine ? » nous a demandé le Dr Shevchenko en nous faisant signe depuis la porte d'une pièce voisine.

Lorsque Cami et moi avons suivi le médecin dans la pièce, je m'attendais à voir Hale même si cela n'aurait pas vraiment de sens qu'il soit là. J'en savais suffisamment sur les hôpitaux pour comprendre que les patients n'étaient généralement pas ramenés aux urgences après une opération.

Le Dr Shevchenko a fermé les rideaux derrière elle et j'ai vu maintenant le premier soupçon d'émotion dans le mouvement de sa bouche vers le bas. Elle ôta son bonnet chirurgical et le froissa dans sa main pendant que Cami et moi attendions à côté du seul lit de camp vide dans la pièce.

"Où est mon frère?" J'ai demandé. « Pouvons-nous le voir ? »

Le Dr Shevchenko secoua lentement la tête et j'eus la terrible impression qu'elle gagnait du temps, qu'elle détestait les mots qu'elle aurait à dire presque autant que je détesterais les entendre.

«Je suis vraiment désolée de vous dire cela», dit-elle. « Mais ton frère est décédé. Le traumatisme à la tête était grave et il souffrait d'une grave hémorragie interne. Il n'a pas survécu à la chirurgie.

Le cri d'angoisse de Cami fut instantané. Mon premier réflexe fut de la prendre dans mes bras pour la réconforter. Elle avait aussi aimé Hale. Elle serait dévastée.

"Je suis vraiment vraiment désolée", a déclaré le Dr Shevchenko et je me suis demandé combien de fois par semaine elle devait faire cela, annoncer de terribles nouvelles aux gens.

Je n'avais pas de mots alors que je caressais les cheveux de Cami et sentais sa respiration changer alors qu'elle commençait à sangloter. Il y aurait des questions, du chagrin et des choses à faire, mais je devais d'abord rattraper mon retard sur cette nouvelle réalité.

Mon frère est mort.

Je n'ai pas de frère.

Mon frère est mort.

Avant de sortir tranquillement, le Dr Shevchenko nous a dit que nous étions libres de rester dans la pièce pendant un petit moment. Un conseiller en deuil serait disponible pour nous aider avec tout ce dont nous avions besoin. J'ai supposé qu'elle parlait des arrangements funéraires.

Cami pleurait toujours dans ma poitrine et n'arrêtait pas de murmurer à quel point elle était désolée tandis que mes yeux se tournaient vers l'horloge sur le mur et trouvaient du soulagement dans un triste fait. Il était plus de trois heures du matin, donc au moins la mort de Hale et notre mariage n'étaient pas techniquement le même jour. Il aurait détesté que nous soyons accablés par cette coïncidence.

« Salut Dalton. Je serai toujours à vos côtés, que vous sachiez que je suis là ou non.

Au fond de moi, une douleur inconnue mûrissait à chaque seconde qui passait. L'année dernière, lorsque mon père est décédé, c'était après dix mois de combat contre un cancer agressif qui avait déjà métastasé lors de sa découverte. Il était temps de s'habituer à la réalité mortelle. Et de toute façon, nous nous attendons tous à ce qu'un jour nous enterrions nos parents. Mais Hale aurait dû avoir plus de temps. Tellement plus de temps.

«Je dois appeler ma mère», ai-je dit à Cami. Je ne voulais pas le faire ici, au milieu des échos feutrés à l'intérieur de l'hôpital.

Cami m'a tenu la main pendant que nous traversions la zone de triage. J'avais complètement oublié Kellan jusqu'à ce que je remarque que l'endroit où nous l'avions vu plus tôt était désormais vacant. Il semblait qu'il y avait eu plus d'un accident ce soir, mais le cousin de Cami avait dit qu'il était juste un peu amoché. Pas d'inquiétudes à avoir.

« Derek ! » s'exclama Camille.

Nous nous étions arrêtés devant une pièce dont le rideau avait été tiré plus tôt. C'est pour cela que nous ne l'avions pas vu la première fois.

Derek Gentry, le fils aîné de Chase, était assis sur un lit étroit. Une blouse d'hôpital était froissée sur le sol et il était torse nu, vêtu uniquement du pantalon noir qu'il avait dû porter au mariage. Il y avait une entaille peu profonde bordée de sang séché sur le côté droit de son front, mais il avait l'air normal sinon. Sauf l'air malade sur son visage. Et les menottes qui fixaient sa main droite à une barre métallique à côté du lit.

Le policier que nous avions vu plus tôt s'est placé devant Cami lorsqu'elle a tenté d'entrer dans la pièce.

« Attendez », dit l'homme d'une voix officieuse qui ne correspondait pas à son apparence enfantine. "J'ai bien peur que vous ne puissiez pas y entrer."

Cami le regarda de haut en bas, évaluant rapidement la situation. « Est-il en état d'arrestation, officier ? »

«Je suis désolé», dit le policier. "Je ne peux répondre à aucune question." Et il avait vraiment l'air désolé alors qu'il regardait Cami, remarquant probablement les larmes qui étaient encore fraîches sur ses joues.

Cami ne lui prêta aucune attention. « Derek », dit-elle à son cousin. "Ne parle à personne jusqu'à ce que tes parents t'appellent avocat, d'accord ?"

Derek ne répondit pas. Il ne la regardait même pas. Il me regardait. Il y avait quelque chose dans la façon dont il me regardait dont je savais que je me souviendrais plus tard. Je ne savais tout simplement pas pourquoi.

Tous les Gentry attendaient toujours dans le hall. Ils ont été choqués et tristes d'apprendre la nouvelle de Hale, mais je ne pouvais pas encore accepter la moindre sympathie. Pas quand j'avais encore un coup de téléphone à passer. Cami est restée avec moi lorsque je cherchais l'obscurité et l'intimité du parking. Elle m'a tenu la main pendant que je disais à ma mère que son fils aîné était mort. Ma mère avait toujours été distante, rarement affectueuse, même lorsque nous étions enfants. On l'a souvent accusée d'être égoïste. Mais à cet instant, son sanglot angoissant aurait brisé le cœur le plus froid.

J'ai promis à ma mère que j'irais la voir dès que possible. Retourner à l'hôpital était la dernière chose que je voulais faire, mais il y avait des choses à faire. Et je ne savais toujours pas ce qui s'était passé. Peut-être qu'il n'y avait pas de mystère. Hale a toujours été un motard imprudent qui évitait de porter un casque.

Curtis et Cassie nous ont accueillis à la porte. Cassie m'a immédiatement serré dans ses bras.

"Je suis vraiment désolée", dit-elle d'une voix étranglée.

"Qui t'a appelé ?" » demanda Cami en prenant à son tour sa jumelle dans ses bras. "C'était papa ?"

Cassie se balaya les yeux et hocha la tête. "Ouais. Il avait reçu l'appel d'oncle Chase à propos des garçons et quand lui et maman sont arrivés à l'hôpital, ils ont découvert Hale.

"Comment vont-ils?" Ai-je demandé, remarquant que Chase et sa femme n'étaient pas en vue. "Comment vont Derek et Kellan?"

"Kellan a un poignet fracturé et une légère commotion cérébrale", a déclaré Cassie. « Et Derek... »

Sa voix s'éteignit et elle regarda en direction de sa famille, se mordant la lèvre.

"Il y avait un flic", a déclaré Cami. "Il se tenait devant la chambre de Derek."

Cassie hocha la tête. "Oui."

"Et Derek a été menotté au lit d'hôpital."

Les yeux de Cassie étaient déjà pleins de larmes, mais maintenant ils débordent. "Oh mon Dieu."

"Kellan a dit qu'ils avaient aussi eu un accident", a déclaré Cami. "Est-ce correct?"

Cassie hocha la tête, fermant brièvement les yeux.

"Cassidy", dit Cami, sa voix commençant à se briser. "Que s'est-il passé ce soir?"

Parfois, quelques secondes de silence répondent à plus de questions que les mots. Les points se connectaient désormais tous d'une manière terrible.

C'est Curtis qui devait le dire et il l'a fait à contrecœur. « Derek conduisait la voiture », a-t-il déclaré. "Il conduisait la voiture qui a heurté Hale."

"Oh," dis-je en toussant. C'était donc tout. Ils étaient tous sur la route après le mariage, au même endroit et au même moment. Ils sont justement entrés en collision.

Mais non, ce n'était pas ça. Il y avait autre chose. Il y avait le flic posté devant la chambre de Derek et le regard désolé dans les yeux du fils de Chase quand il me regardait.

"Quoi d'autre?" J'ai demandé à Curtis parce que je savais qu'il n'était pas du genre à reculer devant la vérité, aussi grave soit-elle.

Et il ne l'a pas fait.

Curtis expira et inséra la dernière pièce du puzzle de la nuit.

«Derek avait bu. Il était légalement en état d'ébriété lorsqu'il a heurté le vélo de Hale.

CHAPITRE 5

Curtis

J'ai dit à Brecken qu'il n'était pas obligé de nous rejoindre pour les funérailles. Il ne connaissait même pas vraiment Hale. Mais il voulait venir pour le bien de Dalton.

Le service au salon funéraire avait été bref et ponctué par les sanglots déchirants de la mère de Hale pendant que Dalton prononçait l'éloge funèbre. Il a eu du mal à garder le cap alors qu'il parlait de son frère et mon propre cœur souffrait de sa perte. Je savais que je ne pourrais pas supporter la perte d'un de mes frères. Je ne serais certainement pas capable de me tenir devant une pièce et d'en parler pendant que sa dépouille reposait sur une table drapée de velours à proximité dans une urne en argent.

« Est-ce que Derek ira en prison ? » a demandé Brecken en fermant sa ceinture de sécurité une fois les funérailles terminées.

Cassie regardait droit devant elle, assise sur le siège passager à côté de moi. Elle soupira et je lui pris la main.

Naturellement, le sort de Derek avait été un énorme sujet de conversation ces derniers temps. Il était difficile de croire qu'il y a une semaine, nous faisions tous la fête lors d'un mariage familial. Le témoin de ce mariage était mort et le cousin de la mariée risquait d'aller en prison pour cela. Cassie était assez bouleversée à propos de Hale mais elle était aussi douloureusement inquiète pour Derek. Les Gentry étaient plus proches que n'importe quelle famille que j'avais jamais connue. Pour eux, les cousins n'étaient pas de simples parents éloignés qu'on voyait deux fois par an et qu'on oubliait le reste du temps. Je connaissais à peine les noms de mes cousins éloignés en grandissant et cela n'allait pas changer maintenant. Mais ce n'était pas la même chose pour Cassie. Elle aimait Derek comme un frère, se sentait protectrice envers lui. Peu importe le genre d'ennuis dans lesquels il s'était mis.

«Je ne sais pas», ai-je dit à mon petit frère. "Il pourrait. L'accident fait toujours l'objet d'une enquête.

Brecken s'affala sur son siège. « Mais il conduisait ivre ?

J'ai pensé à découvrir Derek dans cette alcôve avec une bouteille à la main. Comme j'aurais aimé faire quelque chose différemment, ne pas l'avoir cru quand il a dit qu'il savait qu'il valait mieux ne pas prendre le volant. Quand j'ai avoué mes regrets à Cassie, elle a secoué la tête et m'a dit que je ne devrais pas me blâmer. Derek n'était pas un enfant. Personne n'aurait pu deviner qu'il serait aussi stupide.

"Ouais, Derek était ivre," dis-je. L'hôpital a immédiatement effectué des analyses de sang et la police n'a pas tardé à procéder à son arrestation, bien qu'il ait été libéré sous caution le lendemain matin.

"Ils l'étaient tous les deux," soupira Cassie.

C'était vrai. Hier, Cami nous avait dit que les résultats de Hale montraient que son taux d'alcoolémie dépassait la limite, plus élevée que celle de Derek. C'étaient deux idiots ivres qui se précipitaient là-bas sur le chemin de la destruction.

"Putain de merde," marmonnai-je, saisissant le volant à deux poings parce que j'avais besoin de serrer quelque chose avec colère. Colère envers ces imbéciles téméraires qui croyaient trop en leur propre invincibilité et qui ont fini par détruire des vies. Parfois même les leurs.

Cassie m'a tapoté la jambe. "Nous devrions y aller, bébé", dit-elle en désignant le flot de voitures qui sortaient du parking du salon funéraire.

Cord avait proposé d'héberger quelque chose chez lui après le service, mais Dalton a refusé, préférant passer un moment tranquille avec sa mère avant qu'elle ne prenne l'avion demain pour rentrer chez elle à Chicago. Il aurait pu se sentir un peu drôle aussi, étant donné qu'un type portant le nom de famille Gentry était responsable de la mort de son frère. C'est peut-être pour cela que Chase était venu aux funérailles sans sa famille. Il était resté silencieux, assis avec Cord et Saylor au dernier rang. Dalton et Chase se connaissaient depuis des années, bien avant que Dalton ne rencontre Cami. Chase était le professeur de lycée préféré de Dalton.

C'est bizarre la façon dont ça se passe dans la vie.

"Tu connais ce type?" Ai-je demandé à Cassie, en mettant la voiture en marche et en faisant signe à un homme que j'avais remarqué plus tôt. Il avait assisté aux funérailles, occupant un siège au bout de la rangée la plus proche de la porte, se fondant dans les looks ordinaires d'une trentaine d'années et portant une chemise grise avec un pantalon noir. Il était peut-être un ami de Hale, mais il n'avait pas l'air triste. Juste observateur et peut-être un peu tendu, ses yeux sombres et plissés surveillant chaque personne en deuil qui franchissait la porte.

"Non", dit Cassie. "Il ne m'a pas l'air familier."

Maintenant, il était appuyé contre la façade en brique de la maison funéraire, son téléphone à l'oreille, mais pour moi, cela ressemblait à une pose. Ses lèvres ne bougeaient pas et ses yeux changeants étaient fixés sur les véhicules qui quittaient le parking. Je n'avais jamais vu ce type auparavant et je n'ai jamais prétendu avoir des compétences analytiques supérieures, mais j'avais mon instinct. Et mon instinct me disait que ce mec était soit un flic, soit qu'il préparait quelque chose de louche. S'il était flic, cela n'aurait aucun sens qu'il doive assister aux funérailles de Hale pour enquêter sur l'accident. D'un autre côté, s'il s'intéressait aux personnes en deuil de Hale Tremaine parce qu'il avait de mauvaises intentions, alors c'était une tout autre préoccupation.

"Ma mère a envoyé un texto", a déclaré Cassie. "Elle veut savoir si nous passons toujours à la maison."

"Tu veux toujours?" Ai-je demandé, oubliant pour le moment le mystérieux policier funéraire. J'ai mis mon clignotant pour tourner à droite dans la rue, conscient que j'avais été un conducteur extrêmement prudent depuis l'accident.

Cassie se frotta les yeux. Elle avait l'air fatiguée. "Ouais, nous devrions aller traîner là-bas un petit moment."

"Pas de problème."

"Y aura-t-il de la nourriture?" » demanda Brecken avec espoir depuis la banquette arrière.

Cassie se tourna et lui sourit. « Vous savez, ma mère ne vit que pour nourrir des adolescents affamés. »

"Doux," dit Brecken.

Cord et Saylor étaient déjà à la maison au moment où nous sommes arrivés. C'était la maison dans laquelle Cassie avait grandi, donc elle n'avait aucun scrupule à franchir la porte d'entrée sans frapper. Saylor et Cadence étaient assis sur le canapé et avaient l'air déprimés, même si Saylor s'est éclairée lorsqu'elle nous a vu.

"Quelqu'un a faim?" » demanda-t-elle, déjà levée du canapé et se dirigeant vers la cuisine. «J'ai de la salade de macaronis et de la charcuterie dans le réfrigérateur.»

«J'ai toujours faim», annonça Brecken.

Saylor se tourna et lui sourit. «Allez, Breck. Aide-moi à préparer la nourriture.

Cassie se laissa tomber sur le canapé à côté de sa sœur. Le fidèle ancien cabot connu sous le nom d'Angus le chien dormait profondément en boule sur le coin du canapé. Cassie se gratta distraitement les oreilles.

"Où est Papa?" elle a demandé.

— Il est dehors avec Oncle Chase, dit Cadence. Elle m'a regardé alors que je m'asseyais dans un fauteuil rembourré.

« Avez-vous parlé à Dalton lors des funérailles ? » demanda Cadence avant de faire une grimace. «Je ne savais pas quoi lui dire. J'ai juste marmonné "Je suis désolé" et je me suis éloigné comme un idiot.

"Je suis sûre qu'il a apprécié que tu sois là", lui assura Cassie.

Cadence fronçait toujours les sourcils. « C'est juste nul. Ils sont censés être en lune de miel en ce moment.

Angus le chien laissa échapper un fort ronflement.

"Je sais," dit Cassie. Elle vérifia sa montre. "Est-ce que quelqu'un est allé rendre visite à Izzy aujourd'hui ?"

Cadence hocha la tête. «Je sais qu'oncle Creed et tante Truly y allaient. Et Jacob y est allé aussi. Il voulait la revoir avant de retourner à Portland demain.

"Comment est-elle?" J'ai demandé et écouté attentivement la réponse. L'appendicectomie d'Izzy était une routine, mais deux jours plus tard, elle avait développé une infection et avait besoin d'une nouvelle intervention chirurgicale. Elle était toujours à l'hôpital. Nous étions passés hier pour lui apporter un gros ours en peluche rose et même si elle était beaucoup trop vieille pour les animaux en peluche, elle avait attrapé l'objet en le serrant dans ses bras avec un sourire. Elle avait l'air si petite et pâle dans ce lit d'hôpital. Quant à Deck, il était malade d'inquiétude et sa femme Jenny a confié qu'il sortait à peine de l'hôpital depuis l'admission de leur fille.

"Maman a parlé à tante Jenny ce matin", a déclaré Cadence. "La fièvre d'Izzy est en baisse et les médecins espèrent qu'elle pourra sortir d'ici un jour ou deux s'il n'y a pas d'autres complications."

« Dieu merci, » dis-je, pensant que la famille aurait certainement besoin de bonnes nouvelles comme celle-là en ce moment.

Saylor et Brecken ont ri dans l'autre pièce. Mon petit frère aimait Saylor Gentry comme une seconde mère. À l'époque où nous nous sommes retrouvés dans une situation pourrie et dormions dans une voiture sur le parking du salon de tatouage de Cord, Saylor est intervenue et nous a ouvert sa maison jusqu'à ce que je puisse régler les choses. Il n'était pas difficile de comprendre pourquoi Cassie avait un tel cœur en or. Sa mère était pratiquement une sainte selon moi.

"Oh, as-tu déjà entendu les nouvelles de Derek?" dit Cadence.

Cassie secoua la tête. "Non. Est-ce que je le veux ?

« Une caméra de circulation a confirmé que Hale accélérait lorsqu'ils se sont écrasés. Il a également grillé un feu rouge. Derek n'est pas tiré d'affaire. Mais son avocat pense que puisque c'est sa première infraction, il pourra peut-être plaider sa cause pour conduite en état d'ébriété, ce qui est bien mieux qu'un homicide involontaire. Aucune garantie cependant.

Cassie poussa un soupir et pencha la tête en arrière. "Pourquoi l'a-t'il fait? Pourquoi diable n'a-t-il pas laissé Kellan conduire ?

Cadence haussa les épaules. « Je ne sais vraiment pas. Il ne dit pas grand chose ces jours-ci. J'ai parlé à Kel et il a dit qu'il n'avait même pas réalisé que Derek était ivre à ce moment-là. Tu connais Derek, il a toujours été un fêtard chronique, surtout maintenant qu'il vit près de l'université. Je l'ai déjà vu boire plusieurs verres auparavant et cela ne semble jamais avoir d'effet sur lui.

Je pensais à Derek et à l'expression de son visage lorsque j'ai pris sa bouteille.

"Est-ce que Derek a un problème d'alcool ?" J'ai demandé.

Cadence fut surprise par cette question. "Non bien sûr que non. C'est juste un idiot typique de vingt ans qui ne connaît pas ses limites. J'en ai rencontré plusieurs.

Mais Cassie me regardait avec curiosité. "Pourquoi demandez-vous?"

Ce n'était probablement pas une bonne journée pour avoir une discussion approfondie sur les habitudes de Derek Gentry. "Sans raison. Je me demandais juste."

Saylor a sorti la tête de la cuisine et nous a ordonné d'entrer et de chercher à manger. Cord et Chase étaient probablement toujours dehors pendant que nous nous tenions dans la joyeuse cuisine jaune des Gentry et mangions des sandwichs tout en limitant la conversation à des sujets plus joyeux que les funérailles et les accusations de conduite en état d'ébriété. Cadence partirait dans quelques semaines pour retourner à l'école. Elle suivait les traces de son oncle Chase et envisageait de devenir enseignante.

«Peut-être pourriez-vous enseigner dans mon école», suggéra Brecken. Il avait de la mayonnaise sur la lèvre supérieure.

Cadence lui tendit une serviette en papier. "Je suis sûr que vous aurez obtenu votre diplôme au moment où j'obtiendrai mon diplôme d'enseignant."

Brecken s'essuya la bouche. « Etes-vous sûr de vouloir passer du temps avec des lycéens tous les jours ? Je veux dire que la plupart des gars avec qui je vais à l'école sont des connards enragés.

« Langue », lui ai-je rappelé. Breck roula des yeux comme d'habitude.

Cadence renifla. "Ne t'inquiète pas. Je sais comment gérer les connards.

Nous étions encore en train de manger lorsque Cord et Chase revinrent du jardin. Chase nous a accueillis sur un ton normal mais il avait l'air fatigué, distrait. Il a serré Saylor et ses nièces dans ses bras mais a décliné l'offre de nourriture.

« Je dois y aller », dit-il en faisant rouler son porte-clés autour de son index. "Nous avons rendez-vous avec l'avocat de Derek dans une heure."

Cord regarda son frère partir avec une expression triste. Saylor passa ses bras autour de la taille de son mari et la serra. "Comment vont-ils?"

"Inquiet." Cord fronça les sourcils. "Triste. Ils sont bien sûr inquiets pour Derek, mais ils sont aussi extrêmement désolés pour la mort de Hale.

"J'appellerai Steph plus tard", dit Saylor en l'embrassant sur la joue avant de commencer à récupérer la nourriture dans les contenants Tupperware. Brecken est intervenu pour l'aider, toujours désireux de donner un coup de main lorsque Saylor était concerné, même si le faire nettoyer sa chambre à la maison était une autre histoire.

Cassie a emmené le chien avec Cadence, et quelques minutes plus tard, Cord et moi nous sommes retrouvés seuls dans le salon.

Cord se tenait près de la grande baie vitrée, regardant le mesquite tentaculaire dans la cour avant.

«Je devrais aller au bureau un petit moment», dit-il. "J'ai manqué trop de temps cette semaine et je ne veux pas que Deck s'inquiète de quoi que ce soit pendant qu'il est avec Isabella à l'hôpital."

«Je peux venir avec toi», proposai-je. "De toute façon, j'étais censé travailler aujourd'hui." C'était exact. Je n'avais manqué mon travail qu'à cause des funérailles.

Cassie voulait passer du temps à la maison avec sa mère et sa sœur tandis que Brecken était plus que content de rester près de la cuisine des Gentry, mangeant tout ce qui n'était pas préparé.

Cord et moi avons apprécié un silence convivial pendant le trajet dans son camion. Il avait insisté pour conduire et comme il était le patron, je n'ai pas discuté.

Les choses semblaient bien se passer chez Scratch, le salon de tatouage Cord and Deck avait ouvert ses portes ensemble il y a de nombreuses années. Je n'ai pas été surpris de voir à quel point le personnel s'est intensifié en temps de crise. La plupart des employés de Cord étaient avec lui depuis des années et il traitait toujours les gens correctement, inspirant une loyauté féroce et durable.

Pendant que Cord se dirigeait vers son bureau à l'arrière du bâtiment pour vérifier quel genre de paperasse s'était accumulé sur son bureau, je m'arrêtai à la réception. Cassie occupait ce poste les jours où elle travaillait chez Scratch, mais comme Cassie était en congé aujourd'hui, le bureau était occupé par Marian, la réceptionniste suppléante.

"Est-ce qu'il y avait du monde?" » lui ai-je demandé après l'avoir saluée et lui avoir posé des questions sur les deux chiens Saint-Bernard qu'elle aimait comme des enfants.

"Ça a été stable", a déclaré Marian de sa voix bourrue qui donnait toujours l'impression qu'elle se remettait d'un mal de gorge. « Quel est le message concernant la petite fille de Deck ? Dieu sait que j'ai prié pour ce doux enfant six fois par jour.

"Izzy va mieux", lui ai-je assuré et Marian a affiché un sourire soulagé qui mettait en valeur ses deux dents de devant manquantes. Comme la plupart des membres du personnel, moi y compris, elle arborait une collection d'encre colorée. En fait, Cassie était peut-être la seule employée de Scratch à ne pas avoir un seul tatouage et même si je pensais qu'elle aurait l'air sexy comme de la merde avec de l'encre, c'était son choix.

Le sourire de Marian s'effaça et fut remplacé par un air de sympathie. "Tu es allé à l'enterrement?"

"Ouais."

«Je me souviens de l'avoir vu au mariage de Cami. C'est vraiment dommage. »

"C'est tout."

"Quel âge avait-il?"

J'ai fait le calcul dans ma tête. "Trente cinq."

Marian gloussa. "Trop jeune pour que tout soit fini."

J'ai toussé. "En effet."

Je ne savais pas quel genre d'histoire circulait, mais je n'allais pas dire de la merde sur Hale parce qu'il était trop ivre pour conduire. Ce qui s'est passé était déjà arrivé. Il n'y avait aucun moyen de l'annuler. Derek paierait probablement encore le prix pour son rôle, mais je n'étais pas non plus disposé à bavarder à ce sujet.

"L'homme qui était ici il y a quelques instants a posé des questions sur lui." Marian fronçait maintenant les sourcils.

"Demandé à propos de qui?"

« Le frère de Dalton. Il s'appelait Hale, n'est-ce pas ?

« Hale Tremaine. Qui était l'homme qui posait des questions à son sujet ?

« Il a dit qu'il était flic mais il ne m'a pas montré de badge. Je lui ai juste dit que je n'avais jamais vraiment connu cet homme et que je ne l'avais jamais vu par ici.

J'ai mâché cette information. "Alors ce type voulait savoir si Hale avait des affaires avec Scratch ?"

Marian haussa les épaules. "Je suppose."

Une cloche retentit dans mon dos, signalant l'arrivée d'un client. Je m'attendais à moitié à voir l'éventuel flic dont nous venions de parler, mais à la place, un jeune couple riant est entré, probablement des étudiants universitaires qui cherchaient à se faire tatouer le yin et le yang ou quelque chose du genre.

J'ai laissé Marian s'occuper du couple et j'ai fait un inventaire informel des rayons consacrés aux produits ornés du logo Scratch. J'étais responsable des marchandises et j'étais fier de la croissance de la gamme de produits. Les ventes sur place ont été plutôt bonnes mais les ventes en ligne ont été bien supérieures et ont augmenté chaque trimestre.

La voix de Cord me parvint et je me dirigeai vers le couloir, remarquant que sa porte était ouverte. Zack, l'un des tatoueurs, venait juste de partir.

"Vous pouvez compter sur moi, patron", a-t-il appelé Cord et m'a salué d'un signe de tête avant de se diriger vers la salle de repos voisine.

Cord était assis derrière son grand bureau et soupirait en signant les factures. Il leva les yeux lorsque je fermai la porte derrière moi mais revint à ses signatures alors que je m'asseyais sur l'une des chaises. Cord était lui-même un artiste talentueux, même si les exigences liées à la gestion d'une entreprise avaient réduit son temps artistique. Pourtant, les murs de son bureau étaient couverts de ses croquis et de ses peintures. S'asseoir au milieu, c'était comme être dans l'esprit de Cord.

"Quelque chose ne va pas?" » a-t-il demandé en griffonnant ses initiales au bas d'une facture jaune pour approuver le paiement.

"Je viens de discuter avec Marian", dis-je.

Cord leva les yeux. "Et?"

«Elle dit qu'il y avait quelqu'un ici qui posait des questions. Un flic, ou du moins un type qui disait qu'il était flic. Il voulait savoir si Hale Tremaine avait déjà été vu par ici.

Une ride se creusa entre les sourcils de Cord et il se rassit sur sa chaise. "Pourquoi Hale Tremaine traînerait-il ici?"

J'ai haussé les épaules. « Il ne le ferait pas. Il ne travaillait pas dans le secteur de l'encre.

"Je pensais qu'il possédait un bar ou quelque chose comme ça."

"Est ce qu'il? Je n'ai jamais eu une histoire claire sur ce qu'il a fait.

Cord me regardait attentivement à présent. Il me connaissait. Il savait que mon histoire impliquait de fréquenter les pires gangs d'Emblem. "Qu'essayez-vous de dire, Curtis?"

Je me suis déplacé sur mon siège. «J'ai aimé Hale. Je l'ai vraiment fait. D'après ce que je savais de lui, il avait l'air d'être un gars bien et il était dévoué à Dalton. Mais j'ai aussi ressenti une certaine ambiance chez lui.

"Quelle ambiance?"

«Je ne dis pas qu'il était dangereux. Mais je suppose qu'il opérait selon ses propres règles et même si cela ne me regarde absolument pas, cela aurait pu le rattraper. Avez-vous remarqué le type qui traînait autour de l'enterrement avec un visage de furet et une coupe de cheveux militaire ?

Cord secoua la tête.

« Il surveillait tous ceux qui allaient et venaient. Peut-être qu'il est le flic de Marian ou peut-être qu'il est tout autre chose. Je pensais juste que c'était bizarre, c'est tout.

Cord réfléchissait. "Je devrais appeler ma fille et savoir si les flics ou quelqu'un d'autre l'ont approchée ou s'est approchée de Dalton."

« N'aurait-elle pas déjà dit quelque chose si c'était le cas ? »

"Peut être." Il a souri. « Mais rappelez-vous que Cami est journaliste. Elle remarque tout et peut garder des secrets quand elle le souhaite. Il se pourrait qu'elle examine les choses par elle-même.

"Tu es inquiet?"

«Non. Nous avons suffisamment de situations réelles dont nous devons nous préoccuper sans pour autant nous en prendre à des situations fictives. Laissez les flics renifler s'ils le souhaitent. Ils ne trouveront aucun lien ici avec ce dans quoi Hale s'est impliqué.

Je ne pensais pas que les flics étaient ceux dont nous devions nous inquiéter si Hale avait été plongé dans quelque chose de grave. La pègre ne se soucie pas d'équité. Hale était mort, mais s'il devait de l'argent ou quoi que ce soit, cela n'empêcherait pas quelqu'un sans boussole morale de s'en prendre à sa famille.

Pourtant, Cord avait raison sur un point. Cela n'avait aucun sens de sauter le pas alors qu'il n'y avait peut-être même pas de problème.

"Comment va Dalton?" J'ai demandé. "Je n'ai pas eu l'occasion de beaucoup lui parler."

« Il était très occupé à s'occuper de sa mère et à organiser les funérailles. Cami dit qu'il souffre mais Dalton n'est pas du genre à le laisser paraître longtemps. Sa mère part aujourd'hui et Cami pense qu'il prévoit de retourner travailler à Dream Fields demain.

"Alors ils ne partent pas du tout en lune de miel?"

"Pas maintenant. Cami a dit qu'ils étaient d'accord pour attendre que ce nuage de chagrin s'estompe un peu.

«Je devrais aller le voir», dis-je. "Breck passe quelques après-midi par semaine à Dream Fields, donc ce n'est pas difficile de s'arrêter."

"Je suis sûr qu'il apprécierait ça", a déclaré Cord. Il baissa les yeux sur sa pile de paperasse et fit une grimace de dégoût. «Cette merde peut attendre jusqu'à demain. Sortons d'ici et rentrons chez nos dames.

Cela m'a semblé bon. Je me levai de la chaise.

"Je suis prêt quand tu l'es."

CHAPITRE 6

Dalton

Je me tenais à la fenêtre et regardais une famille de cailles traverser la cour en courant. Ils coururent très vite vers une rangée d'armoises et furent bientôt hors de vue tandis que des bras doux me serraient par derrière.

"Es-tu sûr d'être prêt à retourner au travail aujourd'hui ?" » a demandé Cami, sa voix étouffée par le fait qu'elle pressait son visage contre mon dos.

J'ai posé ma tasse de café sur la table de la cuisine et je me suis retourné pour mieux la tenir. "Ouais. Ce sera sympa de voir les enfants.

Cami leva le visage et accepta un baiser. «Appelle-moi à tout moment aujourd'hui. Je garderai mon téléphone avec moi pendant les réunions.

Ses longs cheveux bruns étaient attachés avec un élastique et elle était superbe dans son chemisier blanc impeccable et sa jupe évasée. J'ai passé le dos de ma jointure sur sa délicate pommette gauche.

«Je suis désolé», dis-je. "Je suis vraiment désolé que nous n'ayons pas pu passer notre lune de miel."

Elle secoua la tête. "Nous aurons notre lune de miel." Elle s'est penchée sur la pointe des pieds pour m'embrasser à nouveau. Puis elle jeta un coup d'œil à l'horloge murale et gémit. "Je dois partir dans quelques minutes si je veux arriver au centre-ville à une heure raisonnable."

J'ai resserré mes bras autour de sa taille. "Votre patron ne se présente jamais avant dix heures."

"Vrai. Mais j'aime prendre le temps de me rattraper à mon bureau avant qu'il n'arrive et ne commence à hurler une myriade de demandes déraisonnables. Une ombre passa sur son visage et elle suça sa lèvre inférieure entre ses dents, signe certain qu'elle était troublée.

"Tu n'as pas besoin de t'inquiéter pour moi", la rassurai-je. « Et si je prenais des plats chinois à emporter pour le dîner ? »

Elle sourit mais le sourire n'atteignit pas vraiment ses yeux. "Ça a l'air génial."

"Mais quoi?" J'ai poussé.

Cami hésita. "Mais j'ai réfléchi au bon moment pour vous annoncer de mauvaises nouvelles."

« Autant le cracher. Cela ne pourrait pas être pire que ce qui s'est déjà produit la semaine dernière.

Cami m'a fait un sourire triste et s'est retirée de mes bras pour remplir une tasse de voyage pleine de café. « Il y a deux jours, j'ai reçu un appel d'Anita Hernandez. Elle fait partie de l'équipe des enquêtes. Cami a pris son temps pour ajouter du sucre à son café.

"Grande nouvelle histoire?" J'ai deviné.

Elle remuait le sucre avec une cuillère à café. "Non. Elle voulait me prévenir de quelque chose.

"Qu'est ce que c'est?"

Elle a arrêté de remuer et m'a regardé dans les yeux. "Le nom de Hale a été évoqué en relation avec des personnages plutôt méprisables."

Je me suis tendu. "Je ne comprends pas."

Cami a placé la cuillère à café dans l'évier. « Vous a-t-il déjà parlé d'être un investisseur dans une chaîne de salons de bronzage ?

« Des salons de bronzage ? Non, je veux dire, je savais qu'il n'était pas exactement du neuf à cinq. Mais faire parler Hale de ce qu'il faisait dans la vie, c'était comme essayer d'arracher les dents d'un tigre. Il a dit qu'il avait aidé son copain à ouvrir un steakhouse à Camelback, mais je sais que ce n'était pas sa seule entreprise.

Cami n'avait pas l'air surprise. Elle acquiesça. "Quant aux salons de bronzage, qu'il le sache ou non, il faisait affaire avec des méchants."

« Quel genre de méchants ? »

«Le type qui pourrait être associé à une famille mafieuse bien connue de la côte Est. Le type qui fait l'objet d'une enquête pour trafic sexuel de filles mineures.

Je suis tombé malade. "Hale ne se serait jamais impliqué dans ça."

Cami était sympathique. « Je suis sûr que tu as raison. Il n'y a aucune preuve que Hale était impliqué, mais à la lumière de la situation, de nombreuses recherches ont été menées sur les entreprises commerciales de ces hommes. Anita a déclaré qu'elle ne voyait aucune raison de rendre publique l'affiliation de Hale, du moins pas pour l'instant. Elle essayait juste d'être une amie et de nous prévenir.

"D'accord." Je n'avais pas vraiment envie d'y penser maintenant, pas moins de vingt-quatre heures après les funérailles de mon frère.

"Il y a une partie de moi qui n'arrive toujours pas à croire qu'il est parti", dis-je à Cami.

Ses yeux brillaient. "Je sais."

«J'ai vu Chase aux funérailles hier. J'avais toujours l'intention d'aller prendre une minute pour lui parler, mais le temps que j'y arrive, il était parti.

"Il comprend", a déclaré Cami. "Il sait que ce n'est pas facile pour toi étant donné la situation."

"Tu veux dire parce que Derek est son fils."

"Oui." Elle m'a examiné. "Est-ce que tout ira bien s'ils ne l'accusent pas d'homicide involontaire?"

J'ai haussé les épaules. « À quoi servirait la vengeance dans ce cas ? Derek était ivre. Hale était ivre et dévalait les rues comme Mad Max. Ils savaient tous les deux qu'il y avait mieux. Je soupirai et passai une main dans mes cheveux. "Je ne déteste pas Derek si c'est ce que tu demandes."

Cami m'a tendu la main. "Je sais. Ce n'est pas à toi de haïr qui que ce soit. Ça fait juste mal de te voir souffrir autant. Ça fait mal de savoir que je ne peux rien faire pour améliorer les choses.

Une mèche de cheveux s'était échappée de la queue de cheval de Cami. Je l'ai mis derrière son oreille.

"Un autre baiser pourrait aider à soulager un peu la douleur."

Un sourire éphémère traversa ses lèvres, puis elle se pencha pour un long et lent baiser qui fit battre mon cœur et alerter ma bite. Mais elle s'éloigna et consulta sa montre.

«La course effrénée aux heures de pointe m'attend», dit-elle en me donnant un dernier bisou. "Je t'aime, mari."

"Je t'aime aussi, ma femme." Je levai sa main gauche et embrassai l'alliance que j'y avais placée.

Cela ne servait à rien de rester assis seul ici, à ruminer dans ma tasse de café, alors je me suis rapidement préparé et je suis parti. Une fois en route vers Dream Fields, le centre d'entraînement de baseball que j'avais aidé à fonder, mon humeur s'est un peu améliorée. Les gens qui ont travaillé pour moi étaient tous dévoués et incroyables. Et les enfants du programme d'été seraient là toute la journée, la plupart profitant probablement des cages de frappeurs intérieures car il faisait très chaud dehors.

La première personne que j'ai rencontrée dans les bureaux administratifs était Harold Fulton, le cogneur légendaire qui était aussi mon partenaire commercial et un ami. Il était présent à mon mariage. Et aux funérailles de Hale.

« Dalton », dit-il, visiblement surpris de me rencontrer. "Écoutez, je sais que je ne suis généralement pas là à temps plein, mais vous pouvez être sûr que je couvrirai tout ici si vous souhaitez prendre un peu plus de temps libre."

J'ai secoué ma tête. « Je ne suis pas du genre à rester à la maison. Je vais devenir fou.

Harold m'a regardé. Il avait toujours l'air aussi en forme et fort que le jour où il a quitté le diamant, il y a plus de dix ans. "Je suppose que la lune de miel est suspendue ?"

"Ouais. Cami et moi avons décidé de faire le voyage une autre fois.

Il poussa un soupir. « Dalton, je suis vraiment désolé de la façon dont les choses se sont déroulées. Vous avez besoin de tout ce que vous me faites savoir.

"Ça fera l'affaire", dis-je en tendant la main pour rencontrer sa poignée de main. Harold Fulton avait été l'une des plus grandes stars du jeu, mais personne ne le qualifierait jamais de diva. Il était aussi humble que talentueux et, maintenant qu'il était à la retraite, il était très actif dans diverses missions philanthropiques. Il avait contribué à faire de Dream Fields un centre d'entraînement de classe mondiale, garantissant que l'argent ne serait pas un obstacle pour les enfants talentueux qui aimaient ce sport.

Il n'y avait que quelques courriers qui attendaient sur le bureau de mon bureau. Alma, la responsable du bureau, avait déjà séparé les factures et autres affaires importantes, ne laissant que quelques dépliants sur papier glacé et magazines de sport. Mon courrier électronique a pris beaucoup plus de temps à trier, mais dans l'ensemble, il ne semblait pas y avoir beaucoup d'urgence. Être assis derrière un bureau n'avait jamais vraiment été mon environnement de travail préféré, alors après un moment, j'ai décidé de me rendre dans les cages des frappeurs et de voir l'action. En chemin, j'ai croisé quelques autres employés qui étaient surpris de me voir et désireux de me présenter leurs condoléances.

Les douze stands intérieurs des cages de frappeurs étaient tous occupés par des enfants qui pratiquaient leurs swings en récupérant les balles des lanceurs pendant que les entraîneurs surveillaient leurs progrès. Ce groupe semblait être jeune, probablement âgé de dix à douze ans. Je pouvais entendre les enfants plus âgés dehors sur le terrain. Mick, l'un des entraîneurs à temps partiel, m'a repéré debout derrière les clôtures grillagées et m'a salué d'un signe amical.

« Détendez-vous avec la batte, » dit-il au garçon qui était prêt à lancer. "Si vous relâchez votre prise, vous aurez plus de facilité à vous balancer."

Mick regarda avec satisfaction le gamin ceinturer la prochaine balle qui lui arrivait. Il a dit au gamin de continuer ainsi avant de sortir du stand et m'a rejoint derrière le grillage.

"Harold a dit que tu étais ici aujourd'hui," dit-il après m'avoir serré la main et m'avoir dit qu'il était vraiment désolé pour Hale.

J'ai fait un signe de tête aux enfants. "Ouais. Cela me fait du bien au cœur de les voir ici faire ce qu'ils aiment.

Mick esquissa un sourire. "Ils forment un groupe formidable."

Un éclat d'acclamations est venu de l'extérieur et j'ai regardé vers la porte ouverte qui menait au terrain.

"Juste un court match de trois manches avant la pause déjeuner", a expliqué Mick. « Mark et Carrie sont là pour entraîner, je pense. Les gagnants reçoivent une glace gratuite.

Le bruit s'est atténué puis a augmenté à nouveau après le craquement caractéristique d'une chauve-souris.

« Ça ressemble à un circuit, » dis-je.

"Probablement. Certains de ces enfants frappent plutôt bien la balle.

"Thomas va mieux à chaque fois que je le vois", dis-je en pensant à l'enfant qui était le portrait craché de son père.

"Tu veux dire Thomas Gentry?" » a demandé Mick.

"Ouais."

Mick secoua la tête. "Il n'a pas été là de la semaine."

J'ai été surpris. Le fils de Chase vivait et respirait pratiquement le baseball. Il était là dès qu'il en avait l'occasion. « Je pensais qu'il était inscrit à temps plein pour la session d'été ?

Mick m'a lancé un drôle de regard. "Ouais, il l'est."

Je me demandais ce que le personnel savait des circonstances entourant la mort de Hale. Ils connaissaient probablement au moins les bases. Apprendre que Thomas n'était pas là était inquiétant. Ce gamin était l'un de mes préférés et je détestais l'idée qu'il puisse rester loin d'ici à cause du lien entre son frère Derek et l'accident de Hale.

J'ai soupiré. «Je vais appeler son père et découvrir ce qui se passe. Peut-être qu'il est malade ou quelque chose comme ça.

Mick hocha la tête. "Peut être." Il m'a donné une tape amicale sur l'épaule et a commencé à retourner vers les cages des frappeurs avant de faire demi-tour. "Oh, est-ce que ton ami t'a trouvé ?"

"Quel ami?"

"Grand gars, vêtements sombres." Mick fit un geste d'excuse. « Désolé, je ne suis pas doué en matière d'observations. Je l'ai croisé près du hangar à matériel il y a une vingtaine de minutes. Je lui ai demandé ce qu'il faisait là-bas et il a répondu que c'était un de tes vieux amis. Je n'ai pas proposé de nom. Il voulait venir en personne pour offrir ses condoléances à votre frère. Je lui ai dit que je l'accompagnerais aux bureaux administratifs dès que j'aurais jeté le tas de chauves-souris que je transportais, mais quand je suis sorti du hangar, il avait disparu.

« Je ne l'ai pas vu », dis-je, me demandant qui pourrait bien essayer de me traquer ici, surtout alors que je n'avais pas vraiment fait savoir que j'allais être là aujourd'hui.

Mais cela n'avait pas d'importance. J'ai ignoré la situation, supposant que s'il était vraiment un vieil ami, il pourrait alors trouver plusieurs façons de me contacter.

J'ai déjeuné à la cafétéria de Dream Fields et j'ai passé un moment à discuter avec les enfants et les entraîneurs avant de retourner à contrecœur à mon bureau pour m'occuper de la pile de courriels sans réponse. J'étais debout derrière mon bureau et répondais à un texto de Cami lorsqu'une ombre m'a fait lever les yeux.

L'homme qui avait obscurci ma porte est entré directement dans mon bureau et s'est assis sur l'une des chaises juste en face de mon bureau.

"Comment vas-tu, Dalton?" » demanda-t-il en se mettant à l'aise. Puis il grimaça. «Je suppose que c'était insensible de ma part. Tu viens d'enterrer ton frère hier. Tu fais probablement des choses plutôt merdiques.

"Je vous connais ?" J'ai demandé.

"Je m'appelle John Jones", dit-il en souriant comme s'il venait de faire une blague. Si c'est le cas, je ne savais pas ce que c'était.

"Est-ce votre vrai nom ?"

"C'est dans le but de cette réunion."

Je l'ai vérifié. Ses mains semblaient lisses et manucurées et il ne semblait pas du genre à devenir brutal. Mais je savais à quel point les apparences pouvaient être trompeuses. Après avoir quitté les majors et mis fin à une mauvaise relation, j'ai dirigé une boîte de nuit haut de gamme pendant un certain temps. C'était le genre d'endroit qui attirait de vrais connards qui dissimulaient leur vraie nature avec des vêtements coûteux. John Jones me les a rappelés. Qui qu'il soit, je ne l'aimais pas beaucoup.

« Un de mes entraîneurs a mentionné que quelqu'un me cherchait plus tôt. C'était toi ?

"C'était."

« Êtes-vous journaliste ? J'ai demandé.

"Non."

"Un flic ?"

Il en riant. "Sûrement pas."

J'ai posé mes paumes sur le bureau et me suis penché en avant. "Alors qu'est-ce que tu veux, bordel ?"

L'homme n'était pas intimidé. Il prit son temps pour sortir une boîte de bonbons à la menthe de sa poche et en mit deux dans sa bouche. Il mâchait bruyamment et me regardait. J'ai regardé en arrière.

« Je suis là à propos de ton frère », dit-il après avoir fini de croquer ses bonbons à la menthe. "Il semble qu'il ait laissé certaines choses en suspens."

Mon malaise grandit, surtout lorsque je me rappelai l'avertissement de courtoisie que Cami avait reçu de sa collègue. Je ne croyais toujours pas que tout cela était vrai. Cela ne pouvait pas être le cas. Hale avait ses défauts, mais il ne se serait pas laissé entraîner dans quelque chose de vraiment odieux.

"Je ne sais pas de quoi tu parles," dis-je.

Le sale type rit encore. "Il se vantait de toi, son petit frère golden boy de la grande ligue." Son sourire disparut et son regard se durcit. "Mais pour moi, tu as l'air d'être juste un autre connard privilégié sans la moindre idée."

Je perdais patience. « Écoute, je ne sais pas ce que tu cherches mais tu me fais perdre mon temps. Maintenant, sortez et je ne m'attends pas à vous voir à nouveau ramper ici.

Il mâcha une autre menthe. Lorsqu'il se pencha en arrière sur sa chaise, ses yeux étaient encore plus froids. "Pensez-vous que je travaille seul, Dalton?"

"Je m'en fous vraiment si vous travaillez seul ou avec soixante cinq cents amis."

Il acquiesca. "Je ne travaille pas seul."

"Et je m'en fous toujours."

John Jones soupira. Cela ne ressemblait pas à un vrai soupir. Plutôt un effet théâtral. « Mes collègues seront déçus. Ils avaient l'impression que vous seriez plus coopératif lorsque vous découvririez notre situation difficile.

"De quelle situation s'agit-il?"

"Hale a laissé un solde dû."

"L'argent", dis-je, commençant à comprendre. "Vous avez l'impression erronée que vous pouvez me secouer pour de l'argent, n'est-ce pas ?"

Il sourit. "Seulement ce qui est dû."

"Pour quoi?"

"Remboursement d'une dette", a déclaré John Jones. Ses yeux s'étaient rétrécis et il n'y avait aucun doute sur la menace qu'ils contenaient. "Parce que ton frère était un putain de voleur."

"Conneries", ai-je craché sans réfléchir à deux fois.

L'homme haussa les épaules. « Peu importe que vous choisissiez d'y croire ou non. Comme je l'ai dit, il y a un solde à payer.

J'ai croisé les bras et j'ai regardé. « Faisons comme si je croyais à vos conneries, ce qui n'est pas le cas. Vous n'avez pas mentionné dans quel genre d'entreprise vous travaillez.

"L'industrie hôtelière."

"Qu'est-ce que cela implique?"

"Beaucoup de peau."

"Qu'est-ce que cela signifie?"

"Que pensez-vous que cela signifie?"

"Je ne sais pas." J'ai pensé aux paroles de Cami et j'ai deviné. "Peut-être possédez-vous quelques salons de bronzage avec une activité parallèle de trafic sexuel."

Quelque chose vacilla dans ses yeux puis s'éteignit presque aussi rapidement. « Votre frère était un foutu imbécile à plus d'un titre. »

Mes mains se serrèrent en poings. Je me suis redressé et j'ai jeté un regard noir à John Jones ou à qui qu'il soit réellement. "Il est temps pour toi de partir maintenant avant que je ne sois vraiment énervé."

Il n'était plus amusé. "Quarante mille."

"Quoi?"

"Le solde dû."

Je me suis moqué. "Et à quoi ça sert exactement ?"

« Appelons cela simplement un vol de marchandises de valeur. »

"Soyons plutôt plus précis."

Il n'a pas répondu. Il expira et se leva. John Jones était grand mais mince, manquant de muscles. Je pourrais m'occuper de lui facilement. Autrement dit, à moins qu'il n'ait une arme cachée dans ses grandes poches. Quelques secondes plus tard, j'étais prêt à tenter ma chance lorsqu'il s'arrêta, ramassant une photo encadrée de Cami qui se trouvait sur le coin de mon bureau.

Un sourire illumina son visage reptilien. « En parlant de marchandises de valeur, » commença-t-il à dire.

Je ne lui ai pas donné l'occasion de terminer. J'ai arraché la photo de Cami de ses mains gluantes, j'ai sauté par-dessus le bureau et je l'ai attrapé par le col.

"Putain, tu as fini ici," grognai-je, le traînant à travers le bureau et le poussant à travers la porte assez fort pour qu'il entre en collision avec le mur de briques en face de mon bureau.

Lorsqu'il se redressa, il me lança un regard meurtrier et je me préparai à une réponse, espérant même à moitié avoir l'occasion de réorganiser ces traits suffisants. Mais soit il réalisait qu'il s'agissait d'une bataille qu'il ne pouvait pas gagner pour le moment, soit il choisit de ne pas aggraver la situation. Il a juste redressé son col et lissé ses cheveux.

"Ça fait du bien de te voir, Dalton," dit-il comme si nous venions d'avoir une conversation confortable. «Merci de m'avoir laissé passer et parler de Hale. Votre frère va nous manquer. Mais c'est agréable de vous connaître et moi avons établi cette connexion. Peut-être que la prochaine fois, j'emmènerai quelques amis avec moi. Il a commencé à s'éloigner. "Ne vous inquiétez pas, je trouverai mon propre chemin."

"Fais ça," marmonnai-je. La photo de Cami était toujours dans ma main. Mon bureau était plutôt à l'écart, au coin et au bout du couloir du reste des bureaux administratifs. Je n'avais pas réfléchi à qui pourrait être à portée de voix, mais je réalisais maintenant qu'il y avait au moins un spectateur.

Curtis se tenait à dix pieds de là.

Il ne s'est pas écarté lorsque John Jones s'est approché, alors Jones a dû marmonner « Excusez-moi » et l'épauler pendant que Curtis le regardait avec méfiance. Curtis, avec tous ses tatouages et sa carrure puissante, savait comment dégager un air menaçant quand il le voulait et Jones ne levait pas les yeux alors qu'il passait devant lui.

Quand Jones fut parti, Curtis se tourna vers moi.

J'ai mis la photo de Cami sous mon bras et j'ai essayé de paraître décontracté. « Hé, Curtis. Je ne savais pas que tu venais.

"J'espère que je ne vous dérange pas", répondit Curtis, visiblement perplexe et un peu méfiant.

"Entrez", dis-je, essayant de donner l'impression que je ne venais pas de pousser un connard louche hors de mon bureau après qu'il ait proféré des menaces voilées.

Curtis m'a suivi dans le bureau et a attendu que je sois assis derrière mon bureau avant de s'installer à la place que Jones avait occupée. J'ai soigneusement reposé la photo de Cami sur le bureau. Il avait été pris lors d'un voyage de camping l'automne dernier. Ses cheveux étaient ébouriffés après une longue randonnée et elle ne portait pas de maquillage, mais l'appareil photo avait capturé son éclat alors qu'elle me souriait pendant que je prenais la photo. J'ai adoré cette photo.

"Alors, de quoi s'agissait-il?" » demanda finalement Curtis.

"Ah, ce n'était rien", mentis-je.

"Ça ne ressemblait à rien."

Je ne voulais pas embêter Curtis avec la nouvelle de cette étrange rencontre, même si je ne savais même pas quoi en penser.

"Ce n'est pas grave", dis-je. "Vraiment. Ce type vient de tirer sa gueule au mauvais moment et je suppose que je me sens un peu à vif ces jours-ci, alors j'ai perdu mon sang-froid. J'ai essayé de changer de sujet. "Alors qu'est-ce qui t'amène ici ?"

Il me regardait bizarrement. "Je me suis arrêté pour dire bonjour puisque je déposais Breck pour l'après-midi."

« Brecken est un bon garçon. Il joue dur.

Curtis abandonna son regard sceptique et sourit face aux éloges de son petit frère. "Ouais, c'est un bon garçon."

«Je suis content que tu sois venu», lui dis-je. «Je voulais vous remercier d'être venu aux funérailles hier. Je suis désolé de ne pas avoir eu l'occasion de vous parler, mais j'ai vraiment apprécié de vous voir là-bas.

"Bien sûr", a déclaré Curtis. Il pencha la tête. « Est-ce que ça va, Dalton ?

"Eh bien," dis-je en me penchant en arrière sur ma chaise et en appuyant mon pouce sur la douleur lancinante entre mes sourcils. "Ça a été une foutue semaine de montagnes russes, je peux l'admettre."

Il acquiesca. "Ouais, je sais, mais ce n'est pas ce que je voulais dire." Curtis jeta un coup d'œil vers la porte. "Je veux dire, est-ce qu'il se passe quelque chose dont tu veux parler?"

En fait, je me sentais assez secoué par toute cette réunion étrange, mais je ne trouvais toujours pas la moindre sagesse à y entraîner Curtis.

"Non," dis-je avec un visage impassible. "Rien ne me vient à l'esprit."

Curtis n'avait pas l'air convaincu. Je ne lui ai pas reproché.

Nous avons discuté encore un peu, d'une manière amicale mais en évitant les sujets lourds. Il a dit que lui et Cassie voulaient nous inviter à dîner demain soir. C'était une belle invitation et comme j'étais sûr que Camille dirait oui, j'ai accepté.

"Est-ce que sept heures du soir, ça vous dit?" » a-t-il demandé après avoir mentionné qu'il devait retourner au travail.

"Ça a l'air génial," dis-je. "Voulez-vous que nous apportions quelque chose?"

Il haussa les épaules. "Juste vous-mêmes."

J'ai souri. "Je pense que nous pouvons gérer ça."

Curtis hésita près de la porte. J'ai eu le sentiment qu'il voulait dire quelque chose. Je savais qu'il ne me croyait pas quand je disais qu'il ne se passait rien d'étrange. Mais même si nous nous étions toujours bien entendus, nous n'avions pas l'habitude de nous dévoiler nos tripes. En plus, Curtis avait beaucoup de choses à faire. Il travaillait dur et essayait d'élever un petit frère tout en essayant de trouver un moyen de sortir son autre frère de la vie de gang qu'il avait choisie. Le gars avait ses propres problèmes. Partager le mien avec lui aurait été une chose égoïste.

Curtis croisa les bras et s'appuya contre le chambranle de la porte.

« Écoute, ça va paraître ringard comme de la merde, » dit-il, « mais je suis là, Dalton. Je suis là si jamais tu as besoin de quoi que ce soit. Tout ce que vous avez à faire est de demander.

Il m'a regardé droit dans les yeux et je ne doutais pas qu'il pensait ce qu'il disait.

Pendant une seconde, j'ai pensé à lui dire. A propos de John Jones, à propos de l'avertissement de l'ami journaliste de Cami. À propos de tout ce que je ne savais peut-être pas sur Hale.

Mais tout ce que j'ai dit, c'est : « À demain. »

"A demain", a dit Curtis et j'ai cru qu'il soupirait après son départ.

Le reste de la journée s'est bien déroulé et je pouvais presque oublier la visite de Jones ou de qui que ce soit. Je n'avais pas prévu de le dire à Cami. Elle s'inquiéterait. Pire encore, elle enquêterait. Un vieux copain à moi faisait partie de la police de Phoenix, un détective. Cela ne ferait pas de mal de l'appeler.

Mais pendant tout ce temps, au fond de mon esprit, je n'arrêtais pas de penser à quelque chose. Hale avait toujours marché à la limite. Même quand nous étions enfants. Repoussant toujours les limites et gagnant sa réputation de fauteur de troubles.

Mais il avait aussi une autre facette. L'équipe qui m'a aidé à soigner un faucon tombé et à me lancer des lancers sans fin dans le jardin pour que je puisse pratiquer mon swing. Il l'a fait même s'il n'a jamais aimé le baseball.

Hale n'a jamais été un livre ouvert. Il y avait toujours tellement de choses qu'il gardait pour lui. Je savais qu'il n'était pas un ange, mais tout bien considéré, je savais aussi que sous les couches de ténacité qu'il avait accumulées au fil des années, il y avait un bon cœur.

Pourtant, j'avais toujours peur.

Le pire était arrivé et je l'avais perdu mais j'avais peur de ses secrets. Je n'arrêtais pas de me poser la même question.

Qu'est-ce que tu as fait ?

CHAPITRE 7

CURTIS

Cami et Dalton arrivèrent juste au moment où Cassie posait un grand bol de spaghettis sur la table. Dalton portait une boîte de boulangerie remplie de biscuits au sucre glacé et Cami a tenu à nous dire qu'elle n'était pas responsable de leur création, donc ils étaient tout à fait comestibles.

La conversation au dîner était légère et joyeuse, principalement grâce aux efforts combinés de Cassie et de sa jumelle. Ils terminèrent chacun leurs phrases et partagèrent des histoires amusantes sur leur enfance sous la coupe surprotectrice de Cord Gentry. J'avais déjà entendu la plupart de ces histoires et je parierais que Dalton aussi, mais j'ai apprécié qu'ils essayaient de garder une ambiance optimiste. Et à deux reprises, leurs récits firent tellement rire Brecken qu'il renifla son lait par le nez.

De l'autre côté de la table, Cassie a attiré mon attention à plusieurs reprises et je pouvais dire que sous son attitude pétillante, elle était mal à l'aise. Il n'y avait aucun secret entre nous, alors je lui avais raconté tout ce que j'avais vu et entendu hier dans le bureau de Dalton. Elle ne savait pas quoi en penser, pas plus que moi. Tout ce que nous savions à ce stade, c'est qu'il y avait plus d'un type peu précis qui cherchait des rumeurs sur les activités de Hale Tremaine.

Cami m'a trouvé dans la cuisine après que je me sois porté volontaire pour nettoyer la vaisselle pendant que tout le monde sortait pour profiter de la brise soudaine dans l'air.

"Salut, dame mariée," la saluai-je.

Elle sourit et montra le lavabo. "Je ne suis pas le meilleur cuisinier mais je sais comment empiler un lave-vaisselle."

Je me suis déplacé pour faire de la place. "Soit mon invité."

« Il y a un orage au loin », dit-elle en prenant l'assiette que je venais de rincer et en la plaçant dans l'étagère inférieure du lave-vaisselle. "Ils sont tous sur la terrasse à regarder les éclairs se rapprocher."

Je lui ai tendu une autre assiette. « Est-ce que ta sœur t'a parlé ?

Camille hocha la tête. "Elle m'a informé au téléphone plus tôt de ce qui s'est passé hier."

« Vous a-t-elle également dit que quelqu'un posait des questions sur Hale at Scratch ?

Les longs cheveux de Cami cachaient son expression alors qu'elle empilait une autre assiette. Elle n'a pas répondu à la question. Au lieu de cela, elle ferma le lave-vaisselle et leva les yeux.

"Oui."

"Des idées?"

Elle grimaça. «Je pense que ce type qui s'est présenté à Scratch était peut-être un journaliste. Pas un de mon journal. Mais je savais que des questions étaient posées.

"Pourquoi?"

« Il y a quelque chose que je n'ai pas encore dit à Cassie. Je savais à peine comment en parler à Dalton et quand je l'ai fait, il semblait tellement sûr que cela ne pouvait pas être vrai. Sa bouche se tordit en un froncement de sourcils. "Je ne sais pas quoi penser."

J'ai fermé le robinet et j'ai croisé son regard. "Je t'écoute si tu veux parler."

Cami baissa les yeux sur ses mains et tordit sa nouvelle alliance. "Je l'aime tellement, Curtis."

"Je le sais."

"Je ne supporte pas l'idée que quoi que ce soit d'autre lui fasse du mal."

"Qu'est-ce qu'il y a, Camille ?"

Elle a arrêté de tordre son alliance. « Hale n'était peut-être pas un bon gars. Il était le grand frère de Dalton et Dalton l'aimait donc moi aussi. Je savais qu'il y avait beaucoup de choses qu'il gardait pour lui, mais j'ai toujours pensé que Hale était peut-être un peu comme oncle Deck, rebelle et non conformiste à certains égards, mais finalement fort et compatissant. Elle se frotta les yeux. «Maintenant, je pense que j'ai juste inventé cette partie. En réalité, je ne l'ai peut-être pas connu après tout. Peut-être que Dalton non plus.

Cela avait été difficile pour elle de le dire, alors je ne l'ai pas interrompu. J'ai écouté pendant qu'elle continuait à parler.

"La région de Phoenix est confrontée à des problèmes de traite des êtres humains depuis des années", a poursuivi Cami. « J'en sais beaucoup plus maintenant que je travaille pour le journal. Quelques réseaux de trafic sexuel très médiatisés ont été démantelés récemment, tous liés au trafic de drogue. Un collègue m'a dit que le nom de Hale était lié à des personnes plutôt brutales. Les entreprises qu'ils possèdent ne sont en réalité qu'une façade pour des activités illégales et tout à fait répréhensibles. Ils amènent des jeunes femmes, pour la plupart mineures, à devenir accros à la drogue et ensuite piégées dans un horrible cycle de dépendance et de prostitution. Ces filles sont essentiellement transformées en esclaves sexuelles. Mon Dieu, c'est tellement horrible et déchirant et je ne peux pas reprocher à Dalton d'avoir nié que son frère aurait pu en faire partie.

J'ai digéré les paroles de Cami. J'avais connu suffisamment de voyous à mon époque pour ne pas être surpris par tout ce dont les gens étaient capables. « Et que vous dit votre instinct de journaliste ? J'ai demandé.

Elle frémit. «Je pense qu'il y a beaucoup de laideur dans le monde. Et je déteste penser que cela aurait pu être si proche. Mais pour le moment, je m'inquiète pour Dalton. Elle m'a scruté. « Tu es inquiet aussi, n'est-ce pas ? Je peux dire. Cassie a toujours dit que tu n'étais pas doué pour cacher tes sentiments.

Je ne voulais pas lui mentir. Quiconque victimiserait les jeunes femmes de la manière décrite par Cami serait capable de tout.

"Je pense que Dalton devrait garder les coudes dehors et faire face à la possibilité que ces connards avec lesquels son frère était impliqué ne disparaissent pas."

Elle grimaça. "D'accord. Mais Curtis, peux-tu faire quelque chose pour moi ?

"Nomme le."

"S'il te plaît, ne dis rien à mon père pour l'instant."

Je n'ai pas aimé cette demande. "Tu ne penses pas que Cord voudrait savoir ce qui se passe ?"

"Naturellement. Mon père veut toujours savoir tout ce qui se passe entre nous. Mais il se rend malade d'inquiétude et ces jours-ci, il a les mains occupées. Il essaie de diriger l'entreprise pour qu'oncle Deck n'ait à penser à rien tout en essayant d'aider oncle Chase à empêcher sa famille de s'effondrer.

"Que veux-tu dire? Ont-ils découvert à quel genre d'accusations Derek fera face ?

"Non. Son avocat pense toujours qu'il pourra plaider. Mais c'est plus compliqué que ça. Kellan a dit à ses parents qu'il pensait que Derek était alcoolique. Derek était entre deux appartements donc il restait à la maison pour l'été et tante Stéphanie a trouvé des bouteilles vides dans sa chambre. Oncle Chase est particulièrement écrasé. Je suis sûr que Cassie vous a parlé de notre famille, de nos luttes contre la dépendance. Mes grands-parents, mes oncles, des tonnes de parents élargis d'Emblem. Ces batailles sont profondément ancrées dans notre lignée. Je suppose qu'il y avait de l'espoir que cette génération soit passée à côté. Elle s'effondra contre le comptoir. "Mais ce n'est pas le cas."

Cami avait l'air si misérable que j'avais l'impression que je devais dire quelque chose.

«Regarde ça de cette façon», lui ai-je dit. "Maintenant, Derek peut obtenir l'aide dont il a besoin."

"Je ne suis pas si sûr."

"Que veux-tu dire?"

« Derek ne va pas très bien en ce moment. Il se déteste pour ce qu'il a fait, pour ce qu'il fait subir à sa famille. Il dit qu'il ne retournera pas à l'école. Il sait que ses frais juridiques coûtent une fortune à ses parents. Et en plus, il y a la possibilité qu'il aille en prison.»

« Je suis désolé », dis-je, repensant à la façon dont j'aurais pu empêcher ces événements de se produire.

"Ce n'est pas de ta faute", a déclaré Cami. «Ma sœur m'a raconté ce qui s'est passé lors du mariage. Ne vous blâmez pas.

Il y eut des voix lorsque la porte coulissante en verre du patio s'ouvrit. Dalton et Brecken parlaient du classement actuel des ligues majeures de baseball et discutaient de quelle équipe avait la meilleure rotation de lanceurs.

Cami attrapa une autre assiette. "Nous devrions charger ces plats."

Un instant plus tard, Cassie m'a trouvé en train de charger assidûment le lave-vaisselle à côté de sa sœur. Elle et Cami ont échangé un regard et j'ai vu Cami hocher la tête en réponse à la question silencieuse que son jumeau lui avait posée.

"Je pense que c'est l'heure du dessert", dit Cassie en se forçant à sourire. "Ouvrons cette boîte de cookies."

Cami s'essuya les mains sur un torchon. "Ça a l'air génial," répondit-elle d'une voix enjouée qui ne trahissait aucune trace d'inquiétude. "Je suis prêt pour une ruée vers le sucre."

Le tonnerre grondait dehors tandis que nous étions assis autour de la table avec du café et des biscuits.

"J'ai dit à Thomas que j'avais frappé un circuit avec sa batte préférée", a déclaré Brecken avec fierté. "Il m'a remercié d'en prendre bien soin."

Dalton n'avait pas touché à son café ni pris une bouchée de dessert.

« Comment va Thomas ? » » a-t-il demandé et je me suis rappelé comment Brecken avait mentionné que son meilleur ami, qui vivait et respirait le baseball, n'avait pas assisté à la séance d'entraînement intensive du camp d'été à laquelle il s'était inscrit. J'ai remarqué que Cami se penchait en avant alors qu'elle attendait d'entendre la réponse.

Brecken a avalé un cookie entier.

"Il va bien", a dit Breck d'une drôle de voix et quand il a regardé dans ma direction, j'ai réalisé qu'il retenait quelque chose. Si Thomas avait confié quelque chose à Brecken, il ne serait pas disposé à se dévoiler les tripes.

Dalton regarda mon frère. "Si vous lui parlez, faites-lui savoir qu'il nous manque sur le terrain."

Brecken se tortilla. «Je le ferai», dit-il.

Cami et Dalton ne sont pas restés très longtemps. J'espérais à moitié que Dalton me prendrait à part pour m'expliquer davantage ce qui s'était passé hier, mais il était resté silencieux ce soir. Pas impoli, juste préoccupé. J'avais l'impression que nous dansions tous autour d'un sujet interdit et que personne ne voulait être le premier à arrêter de bouger au rythme de la musique.

"Qu'est-ce qui se passe avec Thomas?" J'ai demandé à Breck quand Cami et Dalton étaient partis.

Mon petit frère a poussé un soupir. "Il se sent bizarre de retourner jouer sur le terrain de Dalton alors que techniquement, son frère est celui qui a tué le frère de Dalton."

Cassie rassembla les tasses de café. « Dalton n'a pas de rancune, surtout pas contre Thomas. Il n'a rien à voir avec ce qui s'est passé.

Brecken haussa les épaules. «C'est ce qu'il ressent. Tout ça est foutu. Désolé, je veux dire foiré.

J'ai essuyé la table avec un torchon humide.

"Non, c'est foutu," dis-je.

Brecken bâilla. « Je vais me coucher. Bonne nuit, Cassie.

"Bonne nuit, Breck."

"Bonne nuit, gamin," dis-je.

Au lieu de se diriger vers sa chambre, Brecken a soudainement fait un écart et m'a attrapé dans une étreinte féroce. Il devenait assez fort, mon petit frère.

"Je ne pouvais pas le supporter", dit-il, la voix brisée.

J'étais alarmé. "Quoi?"

"Je ne pourrais pas supporter qu'il t'arrive quelque chose, Curt."

Je lui ai tapoté la tête et je l'ai serré dans mes bras. "Rien ne m'arrivera, Brecken."

« Et Tristan ?

Entendre le nom de mon autre frère déclenchait toujours un tas d'émotions contradictoires. Depuis qu'il a abandonné l'école et est revenu à Emblem, Tristan était rarement en contact et la dernière fois que j'avais entendu parler de lui, c'était il y a quatre mois. Et même cela n'était qu'un appel d'enregistrement de dix minutes. Tristan était hors de ma portée et je ne pouvais rien y faire. Mais je ne pouvais pas dire ça à Breck, pas alors qu'il se sentait si vulnérable face à des frères perdus.

"Tristan ira bien aussi", dis-je en espérant que ce n'était pas un mensonge.

Brecken recula et s'essuya les yeux, visiblement gêné par la montée d'émotion qui serait considérée comme totalement pas cool selon les standards d'un garçon de quinze ans. Il marmonna une autre bonne nuit et ferma la porte de sa chambre.

Cassie le regarda partir et poser les tasses de café dans sa main. J'ai tendu les bras et elle est venue vers moi sans un mot. Quand je l'ai embrassée, elle m'a rendu son baiser avec un empressement affamé et nous n'avons rien dit de plus pendant que nous nous dirigeions vers notre chambre et nous débarrassions de nos vêtements.

Nous avions des choses à dire. Nous avons dû parler des soupçons de Cami et du danger possible de Dalton, des craintes de Brecken et des tristes réalités qui pèsent sur la famille Gentry.

Mais nous pourrions régler tout cela plus tard. Pour le moment, nous avions juste besoin de nous perdre l'un dans l'autre pendant un petit moment.

CHAPITRE 8

Dalton

Elle était toujours bouleversée. Cela m'a gêné plus qu'autre chose. Plus que le passé criminel de Hale ou la visite menaçante de John Jones.

Hier soir, sur le chemin du retour après le dîner, Cami m'a demandé si quelque chose d'étrange s'était produit la veille au travail. Je n'avais pas besoin d'être un génie pour comprendre ce qui s'était passé. Curtis a dû dire à Cassie qu'elle était entrée dans mon bureau pendant que je musclais ce personnage sordide de Jones et Cassie avait évidemment partagé l'histoire avec sa sœur jumelle. J'ai compris. Curtis n'était pas idiot. Il venait d'un milieu dangereux et pouvait reconnaître un problème lorsqu'il le voyait.

Cami était silencieuse ce matin alors qu'elle prenait son muffin au petit-déjeuner. J'ai posé quelques tranches de bacon fraîchement frit sur la table en signe de trêve et elle a réussi à sourire légèrement.

« Est-ce qu'Izzy est toujours censée sortir de l'hôpital aujourd'hui ? Ai-je demandé en m'asseyant en face de ma femme.

Elle mâchait une tranche de bacon croustillante. "Avec un peu de chance. J'appellerai ma mère plus tard pour confirmer.

"Je peux lui faire envoyer des fleurs pour l'accueillir à la maison."

« Ce serait bien. Obtenez ses marguerites.

"Camille ?"

Elle leva les yeux, ses yeux verts troublés. « Pourquoi ne me l'as-tu pas dit, Dalton ? Pourquoi ai-je dû entendre Curtis et Cassie dire qu'un crétin s'était présenté à votre bureau et avait commencé à proférer des menaces ?

"Je ne voulais pas t'inquiéter."

"Tu ne voulais pas m'inquiéter ?" » se moqua-t-elle en repoussant sa chaise avec colère. « Je suis ta femme, bon sang. Si vous êtes inquiet, je suis inquiet. Nous sommes une équipe. Elle tendit la main et tapota l'alliance sur ma main gauche. "C'est ce que cela signifie."

"Je sais." J'ai pris sa main et je l'ai embrassée. "Je suis désolé."

Cami s'adoucit et s'assit sur mes genoux. J'ai enroulé mes bras autour d'elle, appréciant la sensation de son corps.

«J'ai appelé Andy hier», ai-je dit.

« Votre ami détective ? »

"Ouais. Il a noté les informations et a dit qu'il verrait ce qu'il pourrait trouver. Comme il n'y avait pas de menaces explicites et que le gars ne m'a certainement pas donné son vrai nom, il pourrait être difficile de le cerner. Andy a dit que tout cela ressemblait à une partie de pêche, à un escroc à loyer modique qui connaissait probablement un peu Hale et cherchait à encaisser d'une manière ou d'une autre.

Elle s'est blottie contre moi. « Il a peut-être raison. Les patrons du crime organisé ne viennent probablement pas sur les terrains de baseball pour parler par énigmes.»

Je l'ai tenue pendant un long moment pendant que l'horloge avançait les secondes, puis Cami se tortillait et relevait la tête, regardant par la fenêtre.

«La famille des cailles est de retour», dit-elle.

"Je suis heureux de voir que les coyotes ne les ont pas attrapés."

Elle déglutit. "Dalton, il y a toujours une forte possibilité qu'Hale soit impliqué dans quelque chose d'horrible."

J'avais vraiment essayé de ne pas y penser. C'était déjà assez difficile de pleurer mon frère sans faire face à de telles possibilités.

«Nous ne savons encore rien», dis-je.

Camille soupira. « Anita m'a approché hier. Elle a découvert de nouvelles pistes sur cette histoire de trafic sexuel dans la vallée. C'est une mauvaise chose, Dalton. Drogues, filles mineures, prostitution forcée. Elle a trouvé plus d'un lien avec Hale.

« Les flics n'en sauraient-ils pas plus qu'un journaliste ?

"Peut être pas. Ou peut-être qu'ils le font et qu'ils étaient en train de monter un dossier. Je ne sais pas. J'ai des informations limitées car ce n'est pas mon histoire.

J'ai passé ma main sur sa joue. « Ce n'est pas qu'une histoire, Cami. C'est mon frère."

Elle ferma les yeux un instant. Quand elle les ouvrit, ils étaient brillants de larmes. « Peut-être que ce n'est pas vrai. Vous connaissiez probablement Hale mieux que quiconque. Parfois, les choses ne sont pas ce qu'elles paraissent et cela ne semble certainement pas possible, n'est-ce pas ?

J'aurais aimé lui dire non, que ce n'était pas possible. Il y a quelques jours, j'aurais pu le faire sans hésiter. Maintenant, je n'en étais pas sûr. Et le conflit me dévorait intérieurement.

Comment gérez-vous la possibilité qu'une personne que vous avez aimé et en qui vous avez eu confiance toute votre vie ait fait des choses terribles ?

Je ne connaissais pas la réponse à cette question plus que je ne savais comment répondre à la question de Cami, alors j'ai embrassé ma femme et lui ai dit : "Je vais emballer ton bacon pour que tu puisses le manger sur la route."

Quand Cami est partie, j'ai essayé d'appeler Andy mais c'est allé directement sur la messagerie vocale. Après avoir commandé des marguerites à livrer à la cousine de Cami pour célébrer son retour, j'ai trouvé un autre contact sur mon téléphone.

Chase Gentry serait probablement à la maison s'il n'enseignait pas aux cours d'été. Nous ne nous étions pas parlé depuis mon mariage, à moins de compter les brèves condoléances qu'il a présentées lors des funérailles de Hale. Chase avait été mon ami et mentor bien avant que je rencontre Cami. Il était le genre d'enseignant dont les enfants se souvenaient lorsqu'ils devenaient adultes et commençaient à penser aux personnes qui les avaient aidés à prendre la bonne voie. Je l'avais vu plusieurs fois avec ses propres garçons et j'admirais la relation qu'ils entretenaient, celle que j'aurais aimé avoir avec mon propre père.

J'ai regardé son nom pendant un moment, puis j'ai lentement remis le téléphone dans ma poche. J'étais sûr que je lui devais un appel, ne serait-ce que pour briser la glace et le rassurer sur le fait que je n'avais aucune rancune contre Derek. Je ne voulais vraiment pas que le fils de Chase aille en prison. Cela ne ramènerait pas Hale. Et j'avais peur que le jeune Thomas ne vienne plus sur le terrain. Mais il n'en restait pas moins que j'avais quelques petites choses à régler avant de pouvoir faire du bien ailleurs.

Avant tout, je devais découvrir qui était mon frère.

C'est dans cet esprit que j'ai récupéré mes clés, fermé la clé et me suis rendu directement à l'appartement de Hale. Cami avait déjà appelé le propriétaire et on lui avait dit que l'appartement était payé jusqu'à la fin du mois, donc j'avais reporté la tâche de savoir quoi faire des affaires de Hale.

En général, Hale préférait me rendre visite chez moi, donc je n'étais allé qu'une seule fois dans son appartement du sud de Phoenix, même s'il y vivait depuis plus d'un an. Le bâtiment était en vue de l'autoroute, un petit complexe de briques aux accents turquoise délavés. On aurait dit qu'il n'avait pas été mis à jour depuis quarante ans. Le bureau n'était guère plus qu'un placard avec un bureau inoccupé jonché de miettes de chips et une cloche en argent ternie. Une télévision résonnait quelque part, un des films Star Wars à en juger par le son. J'ai sonné et j'ai attendu que quelqu'un se matérialise.

Après une série de mouvements lents accompagnés de grognements et d'un seul pet, une silhouette trapue en forme d'homme est apparue et a boité jusqu'au bureau. Quelques mèches de cheveux gras étaient peignées sur son cuir chevelu rose et ses traits ressemblaient à une poupée d'argile à moitié fondue, mais quand il parlait, sa voix était claire et joyeuse.

"Oui monsieur, puis-je vous aider?"

"Je l'espère. Vous avez peut-être parlé à ma femme il y a quelques jours. Je m'appelle Dalton Tremaine. Mon frère était...

"Hale," termina-t-il avec un triste signe de tête, la joie disparut de sa voix. « Alors tu es le frère de Hale. Le joueur de baseball, n'est-ce pas ?

"Auparavant."

L'homme gloussa intérieurement. «J'étais vraiment désolé d'apprendre ce qui s'est passé. Hale était un personnage. M'a toujours fait rire à chaque fois qu'il passait. Après avoir remplacé mon genou il y a six mois, je ne pouvais plus me déplacer aussi bien. Hale venait avec des courses deux fois par semaine et je ne le lui avais même jamais demandé. Il l'a fait parce qu'il était ce genre de gars. Il tendit la main. "Au fait, je m'appelle Phil."

Je lui ai serré la main et je n'ai même pas fait attention à la paume moite. "Ravi de vous rencontrer."

Phil ouvrit le tiroir du haut du bureau en désordre et on aurait dit qu'il triait une pile de clous. Mais ce n'étaient pas des clous. C'étaient des clés. Il trouva celui qu'il voulait et le tint en main.

"Je suppose que tu veux entrer chez lui?"

"Je le ferais, si tout va bien."

"Je ne vois pas pourquoi pas. Vous étiez la seule famille dont il parlait et je suppose que les flics ont déjà trouvé ou n'ont pas trouvé ce qu'ils cherchaient.

"La police? Ils ont déjà fouillé l'appartement de Hale ?

« Ouais, je n'étais pas là. Le fils de mon cousin travaille au bureau à temps partiel et il est aussi intelligent que du coton. Avant-hier, il mentionne qu'il a trouvé un mec essayant de déverrouiller la serrure de la maison de Hale. L'homme dit qu'il est un flic infiltré et le foutu fils de mon cousin va lui chercher la clé. Alors je lui ai demandé si vous aviez vu un badge, un mandat ou quoi que ce soit et il m'a juste regardé comme si je parlais russe et a haussé les épaules.

Il m'a jeté la clé. « N'hésitez pas à aller jeter un œil. Ils ont tout foutu en l'air. Les meubles sont en bon état, mais ils seraient restés dans le bâtiment de toute façon. Prenez votre temps et faites-moi savoir si je peux vous aider à réaliser quelque chose.

"Merci," dis-je. "Numéro deux oh huit, n'est-ce pas ?"

Phil hocha la tête et s'assit sur la chaise de bureau, qui semblait inadéquate pour la tâche. "Tu l'as eu."

J'ai remercié Phil à nouveau et me suis dirigé vers les escaliers menant à l'appartement de Hale tout en réfléchissant à ce que l'homme avait dit. J'étais gêné, en partie par l'idée que quelqu'un qui pouvait ou non être un flic avait déjà fouillé l'appartement de mon frère, mais surtout à cause de la façon dont Phil avait décrit Hale. Comment un homme peut-il un jour faire preuve d'une telle gentillesse envers son propriétaire handicapé et contribuer le lendemain à condamner des jeunes femmes à une vie de violence misérable ? C'était suffisant pour glacer le sang, l'idée que n'importe qui puisse être aussi fourbe.

Non, ça ne pouvait pas être vrai. Et quelque part, il devait y avoir une preuve. Il me fallait juste le trouver.

En effet, la maison de Hale avait été saccagée. Il n'avait pas l'habitude d'acquérir et de conserver des biens, préférant une existence nomade pendant une grande partie de sa vie d'adulte. Mais ses vêtements avaient été jetés hors des tiroirs, les draps arrachés, les coussins marron du canapé déchirés. Dans l'ensemble, il semblait que quelques carcajous avaient été lâchés à l'intérieur pour faire une crise de tentation. Il y avait quelques papiers sur le sol à côté de la commode de la chambre et je me suis accroupi pour les examiner. Il n'y avait rien de remarquable, quelques pages de relevé bancaire qui ne contenaient pas d'informations critiques, un menu d'un restaurant mexicain local et un reçu Circle K pour une bouteille de tequila.

Un frisson soudain parcourut ma colonne vertébrale. C'était probablement juste un effet secondaire d'être ici, comme si un morceau de mon âme sentait Hale regarder par-dessus mon épaule.

Quelque chose sous la commode a attiré mon attention et j'ai sorti l'objet. Cela n'aurait pas suscité l'intérêt de quiconque était venu ici à la recherche d'argent, de drogue ou de preuves incriminantes. C'était juste une vieille photo encadrée sur un de ces cadres métalliques bon marché qui se vendent quatre-vingt-dix-neuf cents dans les pharmacies.

"Je n'ai pas d'amis là-bas."

"Je serai là."

"C'est différent. Tu es mon frere."

« Ouais, je suis ton frère. C'est pourquoi je frapperai quiconque te dérange, Dalton. Maintenant, arrêtez de traîner les pieds. Nous serons en retard.

Nous venions de déménager dans un nouveau quartier et je commençais la deuxième année. Hale serait dans la même école mais à un autre monde avec les grands enfants. Notre mère a pris cette photo dans la cour avant que nous marchions les trois pâtés de maisons jusqu'à notre nouvelle école. Nous portions de nouvelles baskets et de larges sourires, probablement sous les ordres de notre mère, et le bras de Hale était posé sur mes fines épaules. Nous nous disputions de temps en temps comme tous les frères, mais à sept ans, je voulais être comme lui.

Ce matin d'il y a longtemps, où deux petits garçons se tenaient souriants dans la cour le premier jour d'école, était désormais inaccessible. Je me souvenais de cette photo mais je n'en ai jamais eu de copie. Aujourd'hui, c'est la seule chose que j'ai prise dans l'appartement de Hale. J'ai dit à Phil que je ferais en sorte que le reste des biens de Hale soit mis dans une boîte et donné à une œuvre caritative. Il m'a donné une autre poignée de main moite et a répété son chagrin face à la mort de Hale.

J'espérais recevoir un rappel d'Andy mais je n'avais toujours rien entendu, alors j'ai choisi d'aller travailler et d'essayer de vivre une journée normale, en supposant qu'il n'y avait pas de visites répétées de John Jones ou de l'un de ses associés anonymes.

Être sur le terrain m'a toujours remis la tête en ordre. J'ai décidé d'abandonner l'ennui d'être à mon bureau et j'ai plutôt aidé l'équipe d'entraîneurs. Les enfants étaient tous impatients de me montrer ce qu'ils pouvaient faire et je les ai félicités, soulignant gentiment quelques ajustements sur les positions des frappeurs et applaudissant le plus fort lorsqu'ils produisaient des résultats. Quand j'ai vu le visage d'un enfant s'illuminer d'admiration alors qu'il admirait un coup de circuit passer par-dessus les clôtures, je pouvais presque oublier que quelque chose n'allait pas dans le monde.

Presque.

"Bonne nuit, Dalton", dit Alma alors que je la croisais dans le couloir en route vers mon bureau. Elle sortait ses clés de son sac à main et s'arrêta. "Oh, il y avait un colis pour toi."

"Un paquet?"

"Ouais. En fait, il est arrivé il y a des heures, mais je ne voulais pas vous déranger pendant que vous entraîniez, alors je l'ai simplement accepté du livreur et je l'ai laissé sur votre bureau.

« Merci, Alma. Passe un bon moment."

"Toi aussi."

La boîte carrée avait l'air ordinaire et se trouvait au milieu de mon bureau. Je ne l'ai pas considéré avec méfiance jusqu'à ce que je constate qu'il n'y avait pas d'étiquette d'adresse de retour. Et évidemment pas de frais de port non plus. Celui qui l'avait livré travaillait pour quelqu'un d'autre que la poste.

J'ai ramassé la chose et je l'ai secouée doucement. Le contenu était léger et ne semblait pas dangereux. J'ai néanmoins procédé avec prudence en utilisant des ciseaux pour couper le ruban d'emballage.

À l'intérieur se trouvaient environ un millier de ces cacahuètes emballées en polystyrène, une collection de fausses pièces de monnaie du Monopoly et un journal. Rien de tout cela n'avait de sens pour moi jusqu'à ce que je prenne le journal et que je voie qu'il s'agissait de Sun Republic, le journal pour lequel Cami travaillait. Et la page était pliée sur un court article qu'elle avait écrit sur les réseaux de jeux illégaux démantelés à l'université.

Il n'y avait pas de menace explicite, mais celui qui avait envoyé cela voulait que je comprenne qu'il savait exactement où trouver ma femme. Je me souvenais de la façon dont John Jones avait touché la photo de Cami et avait souri. Ce n'était pas juste une farce. C'était un avertissement.

Mon cœur était dans ma gorge lorsque j'ai saisi mon téléphone. C'était comme si une année s'était écoulée avant qu'elle ne réponde à la troisième sonnerie.

"Hé," dit Cami d'une voix essoufflée. «J'étais sur le point de t'appeler. Je dois me rendre à une conférence de presse dans quelques minutes. L'un des trains légers sur rail a déraillé près du stade de baseball et deux piétons sont dans un état critique, mon équipe travaille donc tard pour préparer l'histoire. Je ne serai probablement pas rentré avant dix heures.

"Où es-tu?" ai-je demandé.

"Je me tiens juste devant une salle de conférence du Marriott."

"Et il y a du monde autour?"

"Bien sûr. Je viens de vous dire qu'il y aura bientôt une conférence de presse, donc il y a des flics et des journalistes partout.

"D'accord." J'ai expiré de soulagement. « N'allez nulle part seul. Même si vous avez juste besoin d'aller aux toilettes, demandez à la sécurité de vous accompagner.

"Dalton." Elle était inquiète maintenant. "Pourquoi? Que se passe-t-il?"

Je lui ai donné les détails du paquet mystère.

"Je n'ai pas encore compté la fausse monnaie", ai-je ajouté, "mais j'imagine que cela représente les quarante mille sommes censées être dues à Hale."

"Merde," dit-elle. "Je devrais rentrer à la maison."

"Vous êtes probablement plus en sécurité au centre-ville dans un océan de policiers que partout ailleurs en ce moment."

"Et toi ?"

J'ai jeté une des cacahuètes renversées dans la boîte et j'ai essayé de faire une mauvaise blague. «J'ai un peu faim mais à part ça, je vais bien.»

"Dalton, tu dois prendre ça au sérieux."

"Faites-moi confiance, je prends ça au sérieux."

Il y eut une vague de bruit du côté de Cami, un babillage de nombreuses voix.

« Bon sang, la conférence de presse commence », dit-elle.

Mon téléphone a sonné. J'y ai jeté un coup d'œil assez longtemps pour voir qu'Andy avait finalement répondu par un SMS me demandant de le rencontrer.

«Va à la conférence de presse», ai-je dit à Cami. « Je ne sais pas encore quoi en penser. Promets-moi juste que tu resteras avec les gens à tout moment ce soir, juste au cas où.

"Dalton, je n'aime pas ça."

«Je n'aime pas ça non plus. Promets-moi, Cami.

"Très bien," acquiesça-t-elle. "Mais seulement si tu me fais aussi une promesse."

"Qu'est ce que c'est?"

"Promets que tu n'iras nulle part seul jusqu'à ce que nous ayons compris cela."

"Bien. Je vais rattraper Alma et lui demander de me protéger.

« Dalton ! »

"Je ne plaisante pas. Le sac à main qu'elle transporte doit peser vingt livres et pourrait sérieusement endommager une paire de rotules.

«Promets-moi», a-t-elle insisté.

"Je promets. Écoute, Andy vient d'envoyer un texto. Il veut se rencontrer.

"N'y allez pas seul."

"C'est mon ami et c'est un flic, Cami."

"Tu as promis."

"D'accord," j'ai cédé. "Je n'irai pas seul."

Elle soupira. "Je t'aime."

"Je t'aime aussi", dis-je en retour et j'ai attendu d'entendre la connexion se couper de son côté.

Andy attendait probablement ma réponse. J'étais trop excité pour envoyer des SMS en ce moment, alors je l'ai appelé directement.

«Dalton», dit-il. "As-tu reçu mon message?"

"J'ai compris."

« Je suis désolé d'avoir mis si longtemps à vous répondre. La journée a été très longue. »

"Andy, les choses ont dégénéré." Mes poings se serrèrent. "Ils menacent ma femme."

"Que veux-tu dire?"

Je lui ai parlé du colis mais avant d'avoir fini, il m'a interrompu.

« Cascade stupide. Ne vous en faites même pas.

"Pourquoi pas ?"

Andy avait en fait l'air suffisant. "Parce que ces gens ont de bien plus gros problèmes maintenant."

"Je ne comprends pas."

Andy baissa la voix. « Écoutez, je suis au commissariat et je ne peux pas donner trop de détails pour le moment, mais le gars qui s'est présenté chez vous l'autre jour s'appelle Frank Bruno. Il est arrêté devant l'un de ses salons de bronzage au moment où nous parlons. Vous pouvez être assuré que tous ses associés le suivront.

J'ai laissé le nouveau développement s'imprégner. « Est-ce pour cela que vous vouliez vous rencontrer ? »

"Non. Au moins, ce n'est pas la seule raison.

« Est-ce que le reste de la raison a quelque chose à voir avec Hale ?

"Oui." Mon vieil ami fit une pause. Nous jouions au ballon ensemble à l'université. C'était un bon joueur, mais son cœur n'a jamais été dans le baseball. Il avait toujours rêvé de devenir policier. « Dalton, il y a des informations sur Hale que tu dois entendre. Je voulais vous rencontrer parce que je pense que vous méritez de l'entendre en personne.

Cela ne sonnait pas bien.

"Oh," dis-je, me sentant malade et soudain ne sachant pas si je voulais vraiment entendre les nouvelles d'Andy en personne ou par tout autre moyen.

« Pouvez-vous me retrouver au Baseline Diner dans une heure ? »

Je me raclai la gorge. "Ouais, je peux faire ça."

Après qu'Andy ait raccroché, j'ai tapé du doigt sur mon bureau. Je pouvais entendre les échos des cages de frappeurs alors que les derniers joueurs effectuaient quelques mouvements supplémentaires avant de fermer. Sur mon bureau se trouvait la petite photo décolorée que j'avais récupérée plus tôt dans l'appartement de Hale. J'avais peur de le laisser dans ma voiture toute la journée à cause de la chaleur, alors je l'ai amené ici et je l'ai laissé à côté de la photo de Cami.

Les enfants sur la vieille photo me regardaient avec un sourire rayonnant, sans jamais deviner ce que les années à venir m'apporteraient. J'ai reposé la photo sur le bureau et vérifié ma montre. Baseline Diner n'était qu'à vingt minutes de route, donc j'avais tout le temps avant de devoir rencontrer Andy.

Sauf que j'avais promis à Cami que je n'irais pas seul. Je ne pensais pas qu'il y avait un quelconque danger, certainement pas de la part d'Andy, mais un homme ne devrait jamais rompre une promesse faite à sa femme. Il y avait là un petit problème. Je ne manquais pas d'amis, mais lorsque je faisais un inventaire mental, je ne pouvais pas penser à celui que j'appellerais dans une situation comme celle-ci.

"Hé mon pote, ça te dérangerait de rester à mes côtés pendant que je fais un aperçu des activités criminelles de mon frère et que je découvre si je dois m'inquiéter pour certains gangsters ?"

Ouais, aucun nom ne me venait à l'esprit pour une corvée comme celle-là. Sauf un. Il n'avait pas l'air surpris d'avoir de mes nouvelles.

"Tu te souviens quand tu as dit que tout ce que j'avais à faire était de demander si j'avais besoin de toi?" J'ai dit.

"Je me souviens."

"Eh bien, je demande."

Curtis n'a pas hésité. "Dites-moi où être et je serai là."

CHAPITRE 9

Curtis

J'ai passé la tête dans le bureau de Cord. "Tu as besoin de moi pour autre chose ce soir ?"

Il leva les yeux du croquis sur lequel il travaillait. "Merde, est-ce qu'il est déjà vraiment six heures passées ?"

"À moins que toutes les horloges mentent."

Il jeta son fusain sur le bureau et s'étira en grimaçant. « Perte de la notion du temps. »

Cord a toujours été un artiste dans l'âme et chaque fois que ses instincts créatifs prenaient le contrôle du reste du monde, ils disparaissaient.

"Alors ça va si je pars ?" J'ai pressé.

"Bien sûr. Vous ai-je dit que Deck prévoyait de revenir lundi ?

"Ouais. J'ai raté sa vilaine gueule. Sérieusement, je suis vraiment heureuse qu'Izzy soit à la maison et qu'elle se porte bien.

"Comme nous tous." Cord reprit son crayon et le fit tournoyer entre ses doigts. "Toi et Cassie avez des projets ce soir ?"

« Non, elle a cours ce soir. Et Breck sort avec des amis. J'ai fait une pause. "Je dois te demander, tu penses que ce serait bizarre si je m'arrêtais chez Chase ?"

"Pourquoi serait-ce bizarre ?"

«Je sais qu'ils traversent de sérieuses difficultés en ce moment. Mais ils ont toujours été si gentils avec Brecken. J'ai pensé que je pourrais peut-être parler à Derek, lui dire que je sais ce que c'est de foirer dans la vie.

Cord hocha la tête pensivement. "Je pense que ce serait une bonne chose à faire."

Au bout d'un moment, il remarqua que je n'avais pas bougé de la porte. "Y a-t-il autre chose que tu voulais dire, Curtis?"

Il y avait. La même chose qui me dérangeait depuis l'accident.

« Vous avez peut-être déjà entendu cela, mais j'ai surpris Derek en train de se cacher et de boire lors du mariage. J'aurais pu empêcher l'accident de se produire si j'avais fait un suivi pour m'assurer qu'il ne prenait pas le volant.

Cord cessa de faire tournoyer son crayon. « Mon neveu n'est pas un enfant. J'aime Derek et je prie constamment pour qu'il n'aille pas en prison, mais il doit vivre avec les conséquences de ses choix.

"Je sais. Mais je me sens responsable d'une manière ou d'une autre.

Cord secouait déjà la tête. « Ne vous en faites pas. Parce que si vous êtes responsable, alors nous le sommes tous. Il m'a jeté un regard dur. « Nous ne pouvons pas toujours sauver les gens d'eux-mêmes, quels que soient nos efforts. Tu le sais."

J'avais l'impression qu'il parlait de Tristan. Cord connaissait toute l'histoire. Il me disait que je devais arrêter de me blâmer pour le chemin choisi par Tristan.

"Je le sais," dis-je. "Mais rien ne nous empêchera jamais d'essayer, n'est-ce pas ?"

Cord m'a fait un sourire sympathique. "Non, je ne pense pas que cela nous empêchera d'essayer."

"A demain, patron."

"Conduis prudemment, Curtis."

La dernière fois que j'étais allé chez Chase Gentry, c'était pour une fête d'anniversaire de famille. Chase, Stephanie et leurs trois garçons m'ont toujours semblé être un groupe joyeux et bruyant, toujours amusant d'être là. En sonnant à la porte, je me suis demandé si j'imaginais la nouvelle ambiance sombre qui entourait leur maison familiale.

La porte a été ouverte par le deuxième fils, Kellan.

"Pas de racolage", a-t-il déclaré et il a immédiatement fermé la porte.

J'ai attendu, me demandant s'il était possible qu'il ne me reconnaisse pas. Ce serait vraiment bizarre. Je n'avais pas beaucoup changé ces derniers temps.

Puis la porte s'ouvrit à nouveau et il sourit. "Je t'ai eu." Il a fait signe avec la main qui était encore dans le plâtre en raison d'une fracture du poignet survenue lors de l'accident et son visage présentait encore des ecchymoses. "Entrez."

Il n'y avait personne d'autre en vue. Un gant de baseball et une batte appartenant probablement à Thomas avaient été jetés dans un coin. Il y avait une plaque accrochée au mur qui déclarait que Chase Gentry avait remporté le prix du professeur de l'année.

"J'espère que ça va si je suis passé sans appeler", dis-je.

"Bien sûr, ça va." Il a regardé mes mains. "Surtout parce que tu as acheté un gâteau."

J'ai jeté un coup d'œil au gâteau au chocolat que je m'étais arrêté pour acheter dans une épicerie voisine. Je l'ai tendu à Kellan. "Je pensais qu'il pourrait y avoir des frais de couverture pour l'entrée."

Kellan attrapa le gâteau. "Pas nécessairement mais je le prends."

J'ai reniflé l'air. « Est-ce que quelque chose brûle ?

"Oh merde," jura-t-il et continua de parler alors qu'il se dirigeait vers la cuisine. « Mes parents vous ont manqué de peu. Oncle Creed et Tante Truly sont venus leur remonter le moral en les entraînant au karaoké. Ils ne voulaient pas y aller mais Oncle Creed a grogné quelque chose à propos de sortir de la maison et quand Oncle Creed grogne, les gens ont tendance à bouger. J'aurais aimé y aller aussi mais personne ne m'a invité donc je suis coincé ici avec les garçons. Veux-tu des macaronis au fromage ?

Je l'ai suivi jusqu'à la cuisine. "Non merci, je vais bien."

"Où est Cassie?" » demanda-t-il en manipulant d'une main la marmite de pâtes bouillantes avant de l'égoutter dans une passoire.

"Elle a école ce soir", dis-je. « Je termine un cours de session d'été. Vous devez vous préparer à commencer très bientôt.

"Ouais. L'orientation des étudiants de première année à l'ASU aura lieu dans deux semaines.

"Tu comptes vivre dans les dortoirs ?"

Kellan pressa un sachet en aluminium et du fromage orange vif coula sur les pâtes.

"Non", dit-il et son visage devint tout d'un coup sérieux. Et triste. "J'allais vivre dans un appartement hors campus avec Derek mais il n'y retournera pas et il est trop tard pour s'inscrire dans les dortoirs." Kellan remua le gâchis de pâtes et de fromage qu'il avait préparé. "Je vais faire la navette pour l'instant et voir si je peux entrer dans les dortoirs le semestre prochain."

"Comment est-il?" J'ai demandé. "Comment va Derek?"

"Vous êtes libre de lui poser la question vous-même", dit une voix grave.

Je me tournai pour trouver Derek Gentry debout devant la porte de la cuisine. Il avait l'air épuisé et mal rasé. Ses vêtements étaient froissés et son attitude arrogante avait disparu. A sa place se trouvait une sorte de misère lasse du monde qui semblait épuiser sa jeunesse.

"Alors, comment vas-tu, Derek?" Je lui ai demandé.

Il déglutit et jeta un regard peiné à la main bandée de son frère.

«Je vais mieux», dit-il avec une honnêteté tranquille. Il essaya de sourire. "Comment allez-vous, les gars? Est-ce que Cassie est là aussi ?

"Non. J'ai bien peur que ce soit juste moi.

"Mais il a apporté du gâteau", a déclaré Kellan. "Alors nous lui pardonnerons."

Derek hocha la tête et fourra ses mains dans ses poches. Il avait l'air plus mince qu'au mariage.

Peut-être que Kellan avait la même pensée. "Hé D, pourquoi ne manges-tu pas des macaronis au fromage ?"

Derek haussa un sourcil. "Est-ce que c'est ça?"

Kellan remua les pâtes et fronça les sourcils. "Ouais. Soit je l'ai brûlé, soit j'ai raté une étape.

"De toute façon, je n'ai pas faim."

"Mais maman m'a fait promettre que je te nourrirais."

Derek renifla. "C'est toi la baby-sitter maintenant ?"

"Putain, alors mange ton dîner ou pas de jeux vidéo pour toi."

"Je vais travailler dans le garage." Derek leva la main. "C'est bon de te voir, Curtis."

Kellan soupira après le départ de son frère. "Je ne suis même pas sûr que Thomas mangera cette merde et Thomas mange des anchois."

« Et où est Thomas ?

« Probablement dans le jardin, en train de tirer des balles de baseball à travers le pneu. Le gamin a une balle de baseball en guise de cerveau.

Je me suis penché et j'ai regardé les efforts de macaroni au fromage de Kellan. Les pâtes semblaient gluantes et ridiculement trop cuites. Cela avait vraiment l'air dégoûtant.

"Brecken me dit que Thomas a arrêté d'aller au camp d'entraînement de Dalton."

"Est ce qu'il?" Kellan a dit mais je pouvais dire à la façon dont il l'a dit que ce n'était pas une nouvelle pour lui. « Tu veux me rendre service et sortir et lui dire que je veux qu'il vienne dîner à l'intérieur ? Derek préfère marcher sur un clou plutôt que de faire tout ce que je dis, mais j'aime me leurrer en pensant que j'ai encore une certaine autorité sur Thomas.

"Vous l'avez compris", dis-je et je quittai immédiatement la cuisine à la recherche de l'arrière-cour.

J'ai trouvé Thomas exactement là où son frère m'avait dit qu'il serait, debout à l'extrémité de la grande cour et lançant des balles de baseball à travers une balançoire suspendue à un arbre à l'autre bout. Il en lança cinq d'affilée sans les rater, les faisant rebondir contre la clôture en pierre.

« Es-tu prêt pour les majors ? » J'ai demandé.

Il sursauta au son de ma voix puis sourit.

"Curtis", dit-il en marchant vers moi tout en essuyant la sueur de son visage avec son t-shirt. "Que faites-vous ici?"

«J'étais juste dans le quartier. Et non, je n'ai pas amené Cassie. Ou Brecken. Il n'y a que moi. Et un gâteau.

Il était intéressé. "Quel genre de gâteau ?"

J'ai souri. "Chocolat. Je pense que ton frère a gâché le dîner mais heureusement, ta jolie cousine m'a appris quelques choses et je peux te préparer de bonnes omelettes si tu as faim.

De retour dans la cuisine, Kellan avait abandonné ses efforts culinaires et avait jeté sa désastreuse création à la poubelle. Heureusement, il y avait une boîte d'œufs dans le réfrigérateur avec du cheddar et un paquet de jambon froid, ce qui m'a permis de tenir ma promesse d'omelette.

Kellan s'assit à la table et prit une bouchée avec précaution avant de sourire.

"Tu sais vraiment cuisiner, Curtis," dit-il avec une surprise évidente. "Cassie devrait te garder."

J'ai souri. «Cassie peut me garder pour toujours si j'ai quelque chose à dire à ce sujet. Mais elle est bien meilleure cuisinière que moi.

Thomas avala une grosse bouchée. "Tu ne vas pas manger?" il m'a demandé.

"Peut être. Mais d'abord, je vais voir si je peux faire sortir Derek du garage.

"Bonne chance", grommela Thomas en fourrant un autre morceau d'omelette.

"Oncle Conway a amené une vieille ferraille sur laquelle travailler", expliqua Kellan. « Et aujourd'hui, quand il ne travaille pas au garage Brothers Gentry, il est dehors, dans la chaleur, à bricoler. Je suppose que cela lui permet de ne pas penser aux choses.

«Je vais voir ce que je peux faire», dis-je.

Derek était dans le garage avec une vieille Pontiac jaune moutarde. Le capot était relevé mais il ne regardait pas dans les entrailles de la voiture. Il était assis sur une caisse en bois et regardait depuis le garage ouvert la rue vide tout en buvant dans une bouteille en plastique transparent.

"Je suis un peu meilleur cuisinier que Kellan," dis-je en sortant une autre caisse en bois pour m'asseoir à côté de lui. « Alors, que diriez-vous d'une omelette ? C'est peut-être la seule chose que je peux faire vraiment bien, mais tes frères ont été impressionnés.

"Merci pour l'offre," dit Derek, "mais je n'ai vraiment pas faim."

Je me suis creusé la tête pour trouver autre chose à dire. « J'ai entendu dire que vous êtes un excellent mécanicien. Je suis sûr que Stone et Conway sont heureux que vous travailliez au garage.

"Ouais, je viens de parler à Stone aujourd'hui de la possibilité de rejoindre le groupe à temps plein", dit-il en prenant un autre verre. Il m'a vu le regarder et a soulevé la bouteille. "C'est de l'eau."

"D'accord."

"Je ne suis pas un putain d'alcoolique."

Je n'ai rien dit.

Derek expira bruyamment. "Je suis désolé."

"Tu ne me dois pas d'excuses."

Il grimaça. «Je dois plus d'excuses que je n'en pourrai jamais rattraper. Mais celui-ci est pour vous.

J'étais curieux. "Pourquoi?"

Ses yeux bleus étaient rouges maintenant mais il ne broncha pas. Il m'a regardé directement pendant qu'il disait ce qu'il avait en tête.

« Je suis désolé de t'avoir menti au mariage quand tu m'as surpris en train de boire. Je ne pensais vraiment pas que j'étais ivre. Il a pris une profonde inspiration. « Tu devrais savoir que j'ai pensé à cette conversation dans le couloir une centaine de fois depuis et à chaque fois je me demande : 'Pourquoi n'ai-je pas simplement écouté Curtis ?' »

« Derek, tu n'es pas le seul. qui n'arrête pas de penser à ça. J'aurais pu le dire à vos parents. J'aurais pu faire un suivi pour m'assurer que vous ne finissiez pas par conduire.

"Non," dit-il sèchement. « Ne fais pas ça. Tout dépend de moi. La mort de Hale. Ce que j'ai fait à la famille de Hale, à ma famille. Quoi que j'obtienne, je le mériterai et ce ne sera jamais suffisant. Il réprima un sanglot. « Putain. Il n'y a pas moyen de défaire cela.

"Non", j'ai accepté. "Il n'y a rien à défaire."

Il écrasa la bouteille d'eau dans ses mains et baissa la tête. J'aurais aimé que Cassie soit là. J'avais peur de ne pas dire la bonne chose et Derek avait désespérément besoin que quelqu'un dise la bonne chose.

«Vous avez peut-être entendu des choses sur moi», dis-je. « À propos du genre de vie que je menais jusqu'à il y a quelques années. Ils sont tous vrais. J'ai fait des choix vraiment merdiques dans mon passé.

Il leva la tête. « Vos choix ont-ils déjà tué quelqu'un, Curtis ?

"Non", ai-je admis.

"C'est bien." Il acquiesca. "C'est une sacrée chose à vivre."

« Je suis sûr que oui. Mais se détruire ne servira à rien. Personne ne veut ça. Pas ta famille. Pas Dalton. Ta vie n'est pas finie, Derek. Vous pouvez vous en remettre.

Il a reniflé et s'est essuyé les yeux pendant que je détournais le regard pour lui donner un moment pour pleurer s'il en avait besoin.

"Curtis?" dit-il finalement.

"Ouais?"

« Étiez-vous vraiment membre d'un gang là-bas à Emblem ?

"Bien sûr. J'ai commencé tôt. J'étais un adolescent du même âge que ton frère Thomas.

"Mais tu es sorti."

« Finalement, j'ai réalisé que je perdais ma vie avec des conneries. De plus, j'ai dû faire le ménage parce que ma famille avait besoin de moi.

Derek y réfléchit. « On dirait que ça a fonctionné. Ici, vous préparez des omelettes pour le dîner dans la cuisine de mes parents et vous donnez des discours d'encouragement.

« Que puis-je dire ? J'ai été domestiqué.

Il acquiesca. "J'ai juste une question."

"Qu'est ce que c'est?"

"Pendant que tu cuisinais dans la cuisine, portais-tu le tablier rose de ma mère?"

Je l'ai poussé hors de la caisse en bois. "Va te faire foutre."

Derek a vraiment ri à ce sujet et nous avons quitté le garage en faveur de la climatisation. Ensuite, j'ai préparé quelques omelettes supplémentaires et nous nous sommes tous assis autour de la table ensemble, moi et trois garçons Gentry, mangeant tous des omelettes et un gâteau au chocolat. C'est là que Chase et Stephanie nous ont trouvés à leur arrivée à la maison. Je pouvais dire que la vue de leurs trois fils autour de la table leur plaisait.

"Merci d'être venu", dit Chase en m'accompagnant jusqu'à ma voiture.

« Comment s'est passé le karaoké ? » J'ai demandé.

«Je l'ai tué», dit-il fièrement. «J'ai chanté Wrecking Ball avec un enthousiasme sans précédent et j'ai ignoré Creedence qui n'arrêtait pas de me chahuter, se plaignant de la façon dont j'abusais de ses tympans. Puis il a décidé de me montrer en montant là-haut et en criant Sweet Caroline comme s'il flippait Neil Diamond. Mec, mon frère sait encore chanter.

J'ai ri et Chase a souri avant de devenir sérieux.

« Merci encore, Curtis. Ce soir, c'est le premier indice que je vois du vieux Derek. Chase regardait la maison et avait l'air inquiet. « Il a un long chemin devant lui. Plus longtemps qu'il ne le pense. Steph et moi ne nous faisons aucune illusion à ce sujet.

"Mais il a une famille incroyable pour le soutenir", ai-je dit. "Et cela fait une sacrée différence."

"C'est vrai", dit-il doucement, regardant toujours sa maison dont les fenêtres éclairées brillaient à travers l'obscurité envahissante. "Je sais que je n'y serais jamais arrivé sans ma famille, sans mes frères."

Puis il s'est débarrassé de cette humeur lourde, m'a donné une tape dans le dos et m'a invité à l'accompagner dans sa prochaine aventure de karaoké. Je lui ai dit que je serais honoré.

Dès que j'étais dans mon camion, j'ai vérifié mon téléphone pour trouver un SMS de Brecken. La mère de son ami allait le reconduire chez lui à neuf heures si cela lui convenait. J'ai répondu que tout allait bien. Je venais de mettre le contact lorsque mon téléphone a sonné avec un appel. Dalton ne m'appelait généralement pas de nulle part juste pour discuter, donc je savais que quelque chose devait se passer. J'avais raison.

"Tu es occupé en ce moment?" Il a demandé.

"Non. Que se passe-t-il?"

Dalton inspira profondément. "Tu te souviens quand tu as dit que tout ce que j'avais à faire était de demander si j'avais besoin de toi?"

Bien sûr, je m'en souvenais. Je ne disais pas de telles choses tous les jours et je ne les disais pas du tout à moins de les penser. "Je me souviens."

"Eh bien," dit-il. "Je demande."

"Dites-moi où être et je serai là", dis-je en mettant le camion en marche.

CHAPITRE 10

Dalton

Curtis ne m'a pas posé beaucoup de questions et j'étais reconnaissant car je n'avais pas encore beaucoup de réponses. Il suffisait qu'il accourut à tout moment simplement parce que je le lui avais demandé. Je savais que ce genre de loyauté n'existait pas tous les jours.

Andy nous a appelés depuis un stand dans le coin dès que nous sommes entrés dans le restaurant.

Curtis s'arrêta. "Attends, c'est lui ?"

"C'est lui."

Il en riant. «J'ai vu ce type à l'enterrement. Il semblait surveiller tout le monde, alors j'ai supposé qu'il ne préparait rien de bon.

«Il devient plutôt intense et oui, il a l'habitude de regarder tout le monde. C'est un détective de la force Phoenix. Mais Andy est un vieil ami. Il n'était pas en ville et n'a pas pu assister au mariage mais vous avez raison, il était aux funérailles. J'ai poussé Curtis vers le stand. "Asseyons-nous."

Andy s'est levé et m'a serré la main avant d'évaluer Curtis. « Vous avez amené votre avocat, Dalton ? »

Curtis haussa un sourcil. «Est-ce que je ressemble à un avocat ?»

Andy sourit. "Non."

"Andy," dis-je. «Voici Curtis Mulligan. Il fait partie de la famille.

Andy serra la main de Curtis et se mit au travail après avoir appelé la serveuse pour lui demander d'autres tasses de café. Il était plein de nouvelles et même s'il ne pouvait pas tout nous dire, il voulait me rassurer sur le fait que la situation était sous contrôle.

Je n'en étais pas si sûr. « Et le colis dont je t'ai parlé ? Il semble assez clair qu'il menace Cami à cause de cette prétendue dette de Hale.

Andy hocha la tête. «Je comprends votre inquiétude. Mais aucune somme d'argent ne fera de bien à Bruno et à ses copains à ce stade.

« Je ne crois pas que ce soit une question d'argent liquide », dis-je en pensant à l'homme qui avait fait irruption dans mon bureau. «Je pense qu'il était en colère contre Hale. Cela sous-entendait que Hale l'avait trahi d'une manière ou d'une autre.

Andy hocha la tête. « Encore une fois, je comprends pourquoi tu es inquiet. Mais je promets que nous prévoyons de les maintenir sous étroite surveillance au cas où ils obtiendraient une caution, qui ne devrait pas être accordée étant donné la nature de leurs crimes présumés.

« Et quelle est la nature de leurs crimes présumés ? Curtis a demandé et j'étais heureux qu'il l'ait fait même si je n'étais pas sûr de vouloir savoir.

Andy, cependant, est devenu un peu méfiant. Je ne connaissais pas très bien la procédure policière, mais je doutais qu'il soit censé être assis ici pour discuter d'une affaire sensible. Il déplaça ses yeux d'avant en arrière pour examiner la poignée dispersée de clients et baissa la voix jusqu'à presque un murmure.

"Selon les accusations, les parties en question utilisaient des salons de bronzage légitimes comme façade pour la drogue illégale et le trafic d'êtres humains."

L'ami journaliste de Cami avait raison. Ce n'était pas une énorme surprise. Mais il y avait encore une autre question à poser, même si je détestais le faire.

« Quel a été le rôle de Hale dans tout cela ? »

Andy a commencé à parler mais quelque chose a attiré son attention par-dessus mon épaule et il m'a fait signe. Je me suis retourné pour voir à qui il faisait signe et j'ai vu une petite et jolie femme hispanique qui semblait avoir la trentaine.

Elle a reconnu le signe d'Andy et s'est dirigée vers nous.

"Dalton", a déclaré Andy, "j'aimerais que vous rencontriez Maria Velasquez."

Andy s'est déplacé dans la cabine pour que Maria puisse s'asseoir. Même si je n'ai certainement pas reproché à un ami d'Andy de pouvoir s'asseoir, j'étais anxieux à cause de l'interruption. Maintenant que j'avais posé la question sur Hale, je ne pouvais pas réfléchir clairement jusqu'à ce qu'on y réponde.

Maria m'a fait un sourire chaleureux. "Bonjour Dalton."

"Bonjour", dis-je, commençant à me demander si Maria était la petite amie d'Andy. Il avait déjà été marié et divorcé deux fois.

Puis Maria a dit quelque chose de complètement inattendu. "Hale m'a beaucoup parlé de toi."

Je l'ai regardée plus attentivement. Elle a croisé mon regard et semblait au niveau. "Tu connaissais mon frère ?"

Son sourire était plein de regret et ses yeux se remplirent soudain. "Oui. Je le connaissais bien. »

« Êtes-vous aussi dans la force ?

"Non."

Andy s'éclaircit la gorge. « Maria est la fondatrice d'Operation Optimism, une organisation très réputée qui aide les victimes de trafic sexuel à se construire une nouvelle vie. Je lui ai demandé de nous rencontrer ici pour qu'elle puisse nous expliquer certaines choses.

J'ai absorbé cette information. Cela n'a pas répondu à ma question principale.

"Comment as-tu connu Hale ?" J'ai demandé à Maria.

Ses yeux brillèrent de douleur au son de son nom. «Je suis vraiment désolée pour votre perte», dit-elle. « Je suis allée aux funérailles mais je n'ai pas pu me résoudre à entrer. J'ai fini par rester assis dans ma voiture jusqu'à ce que ce soit fini. Elle pencha la tête. "Hale n'a jamais parlé de moi, n'est-ce pas ?"

«Pas si je m'en souvienne», ai-je admis. "Mais là encore, mon frère n'a jamais été franc sur les détails de sa vie."

Maria ne semblait pas dérangée. "Il avait une bonne raison de garder notre association silencieuse."

"Et pour quelle raison ?"

"Il aidait."

« Aider qui ? Toi?"

"Non." Maria regarda Andy, comme si elle décidait de la quantité d'informations qu'elle devait révéler. Il lui fit un léger signe de tête et elle continua.

"Sur le papier, Hale était un investisseur dans certaines entreprises qui n'étaient en réalité qu'une façade pour des activités horribles et exploitantes."

"Ouais, on m'a déjà dit cette partie," dis-je en entendant ma voix s'élever. Curtis m'a donné un léger coup de pouce sous la table, soit un geste de solidarité, soit une suggestion de rester patient.

"Mais ce que vous ne savez pas", a déclaré Maria, "c'est qu'il a aidé à sauver plus de vingt victimes de prostitution forcée."

C'était une surprise. J'ai regardé Andy pour confirmation.

"C'est vrai", a déclaré Andy. "Hale utilisait son propre argent pour les racheter, embauchant un intermédiaire pour se faire passer pour un proxénète très riche afin que les patrons ne soupçonnent pas qu'il était derrière tout cela."

"Il les a fait sortir", a déclaré Maria avec insistance. "Et il me les a apportés." Elle attrapa une serviette et en tordit le bout entre ses doigts tandis que son expression s'estompait. « Ces femmes sont toujours en mauvais état lorsqu'elles s'échappent pour la première fois de cette vie. La plupart sont très jeunes, certains même mineurs. Vous voyez, ils ont été délibérément ciblés et soignés. En fin de compte, ils se sont retrouvés incapables de sortir d'un terrible cycle de dépendance et de violence. Hale les a aidés à s'échapper en achetant leur liberté. Et quand il a commencé à manquer de l'argent nécessaire pour les racheter, il n'a toujours pas arrêté ce qu'il faisait. Il a simplement procédé un peu différemment.

« Vol de marchandises de valeur », marmonnai-je en pensant aux accusations de John Jones/Frank Bruno.

"Ils avaient compris que c'était Hale", expliqua Andy. « Il avait déjà confié à Maria toutes les preuves qu'il avait pu rassembler et croyez-moi, cela sera utile. Il aurait été un témoin précieux.

« S'il avait vécu », ai-je ajouté en pensant à mon frère déambulant sauvagement dans les rues sur sa moto avec de l'alcool dans le sang et des secrets en tête.

Vigoureux. Pourquoi tu ne me l'as pas dit ? Tu aurais pu me le dire.

"S'il avait vécu", répéta Maria et elle s'étouffa un peu avec ces mots.

J'aurais aimé en savoir beaucoup plus, mais Andy s'est encore une fois montré indulgent sur les détails. Après tout, il s'agissait d'une affaire en cours qui allait forcément faire l'objet de beaucoup de publicité. Andy m'a assuré qu'il me tiendrait informé s'il y avait quelque chose d'inquiétant. Il m'a également dit de rester vigilant et d'appeler immédiatement si je remarquais ne serait-ce qu'une ombre qui ne semblait pas à sa place.

"Mais je ne pense vraiment pas que vous ou votre femme soyez en danger à ce stade", a souligné Andy une fois que nous étions à l'extérieur du restaurant sur le parking. "Et tu sais que je ne te ferais pas de conneries si je pensais autrement."

Je lui ai serré la main et je l'ai remercié d'avoir fait tout son possible pour me rassurer. Il serra la main de Curtis, souhaita une bonne nuit à Maria, puis se dirigea d'un pas vif vers sa voiture.

"Eh bien," Maria nous a dit ainsi qu'à Curtis. "C'était un plaisir de vous rencontrer tous les deux."

J'avais l'impression que je devais lui dire quelque chose d'important. "Ravi de te rencontrer également."

Elle sourit et s'éloigna.

"Ça va?" Curtis m'a demandé.

Il était resté silencieux, mais je n'avais jamais regretté de lui avoir demandé de m'accompagner. C'était bien d'avoir quelqu'un en qui j'avais confiance à mes côtés.

«Je vais bien», lui ai-je assuré.

Nous avons commencé à nous diriger vers mon camion lorsque je me suis arrêté et lui ai jeté les clés.

"Attends, je reviens tout de suite."

J'ai rattrapé Maria juste au moment où elle atteignait sa voiture. Elle leva les yeux avec attente alors que je m'approchais.

"Tu l'aimais, n'est-ce pas, Maria?" Je lui ai demandé.

Elle réfléchit à la question. "Oui. Votre frère était un homme compliqué. Et un très bon, même s'il aurait rechigné à la description. Je ne savais pas tout de lui mais je savais tout ce que j'avais besoin de savoir. Nous n'avions pas cette relation de conte de fées dont parlent les gens dans les films, mais tout se passait bien lorsque nous étions ensemble. Et tu as raison, Dalton. Je l'aimais.

«Je suis content», dis-je. Et j'étais. J'étais heureux que Hale ait été aimé comme il le méritait. Et j'étais heureux de savoir que ma confiance en mon grand frère n'avait jamais été mal placée.

Mais alors que je regardais Maria debout et luttant pour ne pas pleurer, j'ai réalisé que mon cœur n'était pas le seul à avoir été brisé ces derniers temps.

« Marie ? » Dis-je doucement.

Elle m'a regardé.

«Je lui ai dit quelque chose», dis-je. « La veille de mon mariage, je lui ai dit que j'étais sûr qu'il trouverait son partenaire idéal. Il a dit que peut-être il l'avait déjà fait. Je pense qu'il a dû parler de toi.

Elle ferma les yeux et une larme coula sur sa joue droite. Je lui ai tapoté l'épaule alors qu'un sanglot la secouait et nous sommes restés là sous l'éclat jaune des lumières du parking, pleurant tous les deux ce que nous avions perdu.

Maria ouvrit les yeux, leva les yeux vers le ciel et sourit avant de monter dans la voiture.

"Il sera toujours mon héros", dit-elle en fermant la porte.

Je l'ai regardée partir.

"Le mien aussi," murmurai-je.

Curtis avait déjà la climatisation en marche lorsque je suis arrivé à mon camion. Il n'y avait pas grand-chose à dire sur le chemin du retour vers Dream Fields où il avait laissé son propre véhicule. Quand je l'ai appelé ce soir, il est venu immédiatement. Je serais toujours reconnaissant pour cela.

"Tu rentres chez toi maintenant ?" il m'a demandé.

J'ai vérifié mon téléphone. «Non. Cami travaille tard au journal, alors j'ai pensé conduire en ville et veiller sur elle jusqu'à ce qu'elle ait fini, que cela lui plaise ou non.

Il acquiesca. "Je suis vraiment heureux que tout se soit bien passé."

Je l'ai regardé, cet ancien criminel rude et coriace au cœur d'or. Dans n'importe quelle autre vie, nos chemins ne se seraient probablement jamais croisés.

"J'ai de la chance de te connaître, Curtis Mulligan," dis-je. "Je le pensais vraiment là-bas quand j'ai dit que tu étais de la famille."

Il offrit un sourire en coin. "Ce n'est pas tous les jours que je reçois ce genre de compliment de la part d'une légende du sport."

Je me suis moqué. "Je ne suis pas vraiment une légende."

Curtis regarda ostensiblement autour de lui le vaste complexe Dream Fields. C'était temporairement calme mais demain, ce serait plein d'enfants pleins d'espoir.

"Je pense que oui," dit-il doucement. Il passa une main dans ses cheveux courts. « Écoute Dalton, je sais que je ne suis pas ton frère. Et je sais que ce n'est pas pareil, mais chaque fois que tu appelles, je répondrai toujours. Tout comme le ferait un frère.

"Je reviens à toi", dis-je.

Il a souri. "A bientôt, Dalton."

« Nuit, Curtis. »

Dès que Curtis et moi nous sommes séparés, j'ai conduit au centre-ville et j'ai trouvé la Camry argentée de Cami dans le parking adjacent au bâtiment Sun Republic. Je me suis garé à côté et j'ai appelé son portable.

"Où es-tu?" » demanda-t-elle anxieusement. "J'étais inquiet."

« Il n'y a pas lieu de s'inquiéter. Je suis dans le parking, appuyé contre le capot de ta voiture.

"Vraiment?"

"Vraiment."

« Retrouvez-moi dans le hall. J'arrive tout de suite.

L'agent de sécurité au visage de hachette dans le hall a continué à me regarder même après que j'ai dit que j'attendais ma femme. Puis les portes de l'ascenseur se sont ouvertes et Cami en est sortie et directement dans mes bras. Je l'ai soulevée du sol et lui ai embrassé le cou sans me soucier du fait que le gars de la sécurité nous lorgnait.

"Dites-moi tout", murmura-t-elle tout en continuant à me serrer fort dans ses bras.

Le hall était véritablement caverneux, alors nous nous sommes retirés dans un endroit au fond où l'agent de sécurité curieux était hors de portée de voix. J'ai raconté à ma femme tout ce qu'Andy avait dit et elle m'a interrompu une douzaine de fois avec des questions de type journaliste, mais ce n'était pas un problème. Quand je suis arrivée à la partie de l'histoire qui incluait Maria, Cami a été émerveillée par l'héroïsme de Hale. Puis à la fin, lorsque j'ai partagé les derniers mots de Maria sur ce qu'elle ressentait pour mon frère, les yeux de Cami se sont remplis de larmes.

Elle a glissé ses doigts dans les miens. "Il doit te manquer terriblement."

"Je fais." J'ai retourné sa main et embrassé la peau tendre de sa paume. "Mais je pense que je le comprends mieux maintenant."

Elle a touché mon visage. "As-tu une idée de combien je t'aime?"

"Je pense que je peux deviner." Je me suis levé et je l'ai tirée avec moi. "Allons à la maison."

Elle gémit et jeta un coup d'œil à sa montre. "Je dois conclure quelques paragraphes supplémentaires avant de remettre l'article au vérificateur des faits." Elle m'a embrassé. « Rentrez chez vous. Je serai dehors dans une demi-heure.

Je me suis rassis. "J'attendrai."

"Tu n'es pas obligé."

"Je le fais quand même." J'ai sorti mon téléphone. "Peut-être que je vais jeter un oeil à ce jeu Sugar Rush dont tout le monde parle."

Elle a ri. «J'écrirai aussi vite que possible.»

«Faites ça, Mme Tremaine. Je serai ici."

Cami commença à reculer vers les ascenseurs. Elle montra du pouce l'agent de sécurité. « Ne laissez pas Bob vous effrayer. C'est un ours en peluche.

Bob ne ressemblait à aucun ours en peluche avec lequel j'aurais envie de faire des câlins, mais il était visiblement ravi des éloges.

Cami a rebondi dans l'ascenseur et je me suis installé dans le fauteuil pour l'attendre aussi longtemps qu'il le faudrait. Cela avait été une journée étrange. Mais la fin était aussi bonne qu'elle aurait pu l'être.

Enfin presque.

Je pouvais penser à un aspect non résolu qui nécessitait encore une certaine attention. Il n'y avait aucune raison de remettre cela à plus tard ou d'être nerveux. Il avait toujours été mon ami. Maintenant que j'avais épousé Cami, il faisait aussi partie de ma famille et il souffrait du sort possible de son fils bien-aimé. Si je pouvais dire ou faire quelque chose pour alléger ce fardeau, je le ferais sans hésiter. Il a répondu juste après la première sonnerie.

"Hé, enseigne," dis-je. «Désolé, je suppose que j'aurais dû vérifier l'heure en premier. J'espère qu'il n'est pas trop tard pour appeler.

"Dalton," dit Chase et je pouvais entendre le sourire satisfait dans sa voix. « Non, il n'est pas trop tard. Il n'est pas du tout trop tard.

CHAPITRE 11

Curtis

Je suis rentré directement chez moi après avoir quitté Dalton et je l'attendais depuis.

Finalement, la porte patio s'ouvrit et elle sortit.

"Qu'est-ce que tu fais ici ?" » demanda Cassie.

Je l'ai attrapée. "J'attends que tu rentres à la maison."

Elle s'est installée contre ma poitrine et j'ai inhalé le doux parfum de sa peau tout en la tenant contre moi.

« Est-ce que Breck est dans sa chambre ? elle a demandé.

"Ouais, il est rentré à la maison il y a peu de temps."

Cassie leva la tête. La lumière s'échappait de l'appartement et je pouvais voir la curiosité dans ses yeux.

« Que vouliez-vous dire par votre texte plus tôt ? » elle a demandé. "Tu as dit que Dalton avait besoin de toi."

Je l'ai embrassée sur le front. "Il avait juste besoin d'un ami."

"Avec tout ce qui se passe, j'étais inquiet."

"Pas besoin de s'inquiéter."

« Est-ce que cela a quelque chose à voir avec ce personnage louche que vous avez vu dans son bureau ? Ou était-ce à propos de Hale ?

"Les deux."

Ses yeux s'écarquillèrent. "Dites-moi."

"Je jure devant Dieu que tout va bien", lui ai-je assuré. « Dalton va bien. Camille va bien. Les méchants sont partis. Et Hale...

J'ai essayé de trouver une façon de résumer ce que j'avais appris sur Hale Tremaine ce soir.

« Le frère de Dalton était en fait un gars bien meilleur que quiconque ne l'aurait jamais imaginé », dis-je.

"Que veux-tu dire ?" Maintenant, elle était vraiment intéressée. "Ce qui s'est passé ?"

Une brise souleva une mèche de longs cheveux blonds et elle tomba sur son visage. Je l'ai lissé.

"Je vous raconterai chaque détail une autre fois", dis-je.

"Pourquoi pas maintenant ?"

"Parce que maintenant je veux faire autre chose."

Elle pensait probablement que je menais la conversation dans un endroit sale. C'était le genre de chose que je disais habituellement avant de glisser ma main sous sa jupe.

Mais au lieu de cela, je me suis agenouillé à ses pieds et j'ai regardé son visage angélique, un visage que je voulais regarder tous les jours pour le reste de ma vie.

« Cassidy Gentry, veux-tu m'épouser ? »

Le battement de cœur rempli de silence choqué fut la seconde la plus longue de ma vie. Puis elle se pencha pour m'entourer de ses bras.

"Oui !" elle a crié. « Tu sais que je le ferai, Curtis. Je t'épouserais demain.

"Alors fais-le," le défiai-je. Je l'ai tenue à quelques centimètres pour qu'elle puisse voir que je ne plaisantais pas. "Epouse-moi demain, Cassie."

Sa bouche s'ouvrit. "Êtes-vous sérieux ?"

"Je suis complètement sérieux."

Elle était étonnée. "Tu es sérieux. Vous êtes vraiment."

« Nous pourrions obtenir notre licence de mariage dans la matinée. J'ai économisé de l'argent pour t'acheter une bague, donc nous irons faire du shopping et ensuite nous irons en ville au palais de justice dans l'après-midi. Ils organisent des cérémonies sans rendez-vous. J'ai vérifié."

"Et tout le monde ?"

« Nous pouvons demander à vos parents, à vos sœurs, Dalton et Breck d'être témoins. Et plus tard, si vous le souhaitez, nous pourrons organiser une autre cérémonie devant la famille et les amis. J'ai effleuré les siennes avec mes lèvres. « Cass, je sais que je n'ai pas les ressources nécessaires pour t'offrir le mariage de rêve que tu mérites. Et nous ne sommes pas obligés de procéder de cette façon si ce n'est pas ce que vous voulez. Mais chérie, je serais le fils de pute le plus heureux du monde si je pouvais t'appeler ma femme à cette heure demain.

"Curtis," murmura-t-elle. Elle essuya une larme de ses yeux. "Tu ne cesseras jamais de me surprendre, n'est-ce pas ?"

"J'espère que non."

Elle m'a embrassé. "Alors oui," murmura-t-elle contre ma bouche, "je t'épouserai demain."

Notre baiser s'approfondit tandis que mes mains commençaient à vagabonder et que les événements étaient sur le point de devenir intéressants lorsqu'elle se leva soudainement.

« Je dois appeler Cami ! Je dois appeler ma mère ! Oh mon Dieu, je dois trouver une robe !

Elle s'est précipitée dans l'appartement à la recherche de son téléphone. Elle a dû appeler Cami en premier parce que j'ai entendu beaucoup de choses excitées et une demande de demoiselle d'honneur.

«J'ai la robe que j'ai achetée pour Pâques et que je n'ai jamais portée», disait-elle. « Non, ce n'est pas blanc, mais c'est rose très clair. Je me marie, Cams. Peux-tu le croire?"

J'ai quitté le patio au moment où Cassie mettait fin à l'appel avec sa sœur. Brecken sortit de sa chambre et cligna des yeux.

"Que se passe-t-il?" il voulait savoir.

"Curtis," rit Cassie. "Brecken veut savoir ce qui se passe."

J'ai glissé mon bras autour des épaules de Cassie et j'ai fait face à mon petit frère.

"Tu as des projets demain après-midi?" Je lui ai demandé.

"Des plans?" Il s'est gratté la tête. « Je ne sais pas, soit je prends un bus pour aller au centre commercial, soit je descends au terrain de baseball et je traîne. Pourquoi?"

"Parce que j'aimerais te demander d'être mon témoin."

Il était confu. "Hein?"

Cassie frappa dans ses mains. "On va se marier!"

Brecken haussa un sourcil. "Demain?"

"Demain."

Un lent sourire s'étala sur son visage. "Putain, je ne plaisante pas ?"

"Sans blague", dis-je, ignorant son langage pour une fois. "Assurez-vous que votre bon pantalon est propre."

Brecken a continué à nous regarder et quand il a réalisé que nous étions effectivement sérieux, ses lèvres ont tremblé d'émotion. "Je vous aime vraiment les gars", a-t-il dit.

Cassie s'approcha de lui, les bras tendus, et l'enveloppa dans ses bras. "Nous t'aimons aussi, Breck."

Je l'ai ensuite serré dans mes bras. La vie n'a pas toujours été facile pour Brecken. Sa mère l'a abandonné et s'est finalement retrouvée en prison. Il a perdu la seule maison qu'il ait jamais connue en grandissant et a été confié aux soins d'un frère aîné désemparé qui n'avait même pas encore compris sa propre merde. J'étais déjà si fier de l'homme qu'il allait devenir. Et j'étais fier de la maison que Cassie et moi avions construite pour lui. Je pourrais en être fier maintenant. Même si j'avais aussi perdu Tristan en chemin.

Plus tôt ce soir, j'avais été témoin de la façon dont Derek et sa famille luttaient pour rester intacts face aux défis qui bouleversaient leur vie. J'avais également observé les efforts de Dalton pour comprendre l'héritage de son propre frère. Et cela m'a rappelé que parfois, nous ne pouvons pas faire grand-chose pour les personnes que nous aimons. En fin de compte, nous devons simplement les comprendre du mieux que nous pouvons et accepter que nous ne connaîtrons peut-être jamais tous leurs secrets.

Brecken se retira dans sa chambre pour chercher une tenue décente pour demain tandis que Cassie se rendit dans notre chambre pour vérifier sa robe et appeler sa mère pour la préparer pour un mariage imminent.

Je me suis assis sur le canapé et j'ai fait défiler mon téléphone à la recherche du numéro. Il se peut même qu'il ne soit plus valable. Il a changé ses coordonnées si fréquemment. J'avais pris l'habitude d'attendre d'avoir de ses nouvelles et d'essayer de ne pas m'attarder sur les moments où je n'en avais pas. Cette fois, la nouvelle était trop importante pour ne pas la partager, alors j'ai envoyé le texte sans savoir si cela aboutirait quelque part.

Hé, petit frère. Je me marie demain. S'il te plaît viens.

Je savais que je ne devrais pas retenir mon souffle en attendant une réponse qui n'apparaîtrait probablement pas. Mais ensuite, le téléphone s'est réveillé avec un appel entrant.

"Putain de merde", m'a salué Tristan d'une voix impressionnée. « Est-ce que tu te maries vraiment, Curtis ?

Je me suis appuyé sur le canapé et j'ai souri. "Tu as sacrément raison, je le suis."

CHAPITRE 12

Dalton

Nous avons fait en sorte d'arriver tôt. C'était l'idée de Cord. Il voulait que les mariés soient confrontés à la vue de nous tous debout dans le hall dès qu'ils entraient dans le bâtiment.

« Pouvez-vous tenir ça pendant une minute ? » » demanda Cami en tendant le bouquet qu'elle avait acheté à Cassie. Elle plissa les yeux sur son téléphone puis s'exclama : « Ils sont presque là ! Cassie a envoyé un texto pour dire qu'ils garaient simplement la voiture.

« Vous pensez qu'ils seront surpris ? J'ai demandé au frère de Curtis, Brecken. Nous l'avions récupéré plus tôt puisque Cassie et Curtis devaient aller chercher des bagues et une licence de mariage avant de se rendre au palais de justice.

Brecken sourit. "Ils ne seront pas surpris s'ils connaissent vraiment la famille Gentry." Il montra le sol. "Tu as laissé tomber un pétale de fleur."

Je me suis penché et j'ai fait glisser le pétale du sol. Quand je me suis redressé, les parents de Cami se tenaient juste à côté de moi.

"J'aurais payé pour un vrai mariage", grogna Cord environ pour la dixième fois.

Saylor le fit taire alors qu'elle redressait son col. «C'est ce qu'ils veulent», a-t-elle rappelé à son mari. "Donc c'est comme ça que ça va se passer."

Les portes d'entrée vitrées s'ouvrirent et Cassie et Curtis les franchirent. Cassie riait et tenait le bras de Curtis. Vêtue d'une simple robe de couleur claire avec ses longs cheveux détachés, Cassie avait l'air aux joues roses et extatique tandis que Curtis portait un pantalon gris et une chemise blanche unie qui était retroussée jusqu'aux coudes pour mettre en valeur certains de ses tatouages les plus vifs. Ma première pensée a été qu'ils avaient l'air aussi naturels et euphoriques que n'importe quel couple pouvait l'être. Ils ne nous ont pas repérés immédiatement parce qu'ils étaient tellement concentrés l'un sur l'autre lorsqu'ils ont croisé les deux gardes sévères devant la porte d'entrée.

Puis Cassie s'arrêta et haleta, sa main se portant à sa bouche sous le choc alors qu'elle observait la foule de personnes qui attendaient.

Son oncle Chase a crié : « Pensiez-vous vraiment que vous pourriez vous marier sans nous ?

Son frère Creed était d'accord. "Il n'y a aucun moyen d'échapper à cet équipage."

"Vous êtes tous là", dit Cassie avec émerveillement et c'était vrai. Ils étaient bien tous là ; oncles, tantes, cousins, tous ceux qui, dans un rayon de cinquante milles, étaient apparentés par le sang ou par alliance. Ils avaient annulé des projets, appelés au travail, fermé leurs affaires pour l'après-midi, bref, ils avaient fait tout ce qu'ils avaient à faire pour être là pour voir Cassidy Gentry épouser son prince.

La scène a éclaté avec tout le monde descendu en même temps pour offrir ses félicitations tandis que l'heureux couple semblait encore un peu étourdi d'avoir rencontré un groupe de Gentrys dans le hall du palais de justice du centre-ville. Après quelques minutes de chaos joyeux, je me suis retrouvé face à face avec Curtis.

"Est-ce que c'est pour moi?" » dit-il impassible, désignant le bouquet que j'avais oublié que je tenais.

Je les lui ai passés avec un visage impassible. "Félicitations mon frère."

Il sourit et accepta les fleurs avant de les remettre galamment à sa belle épouse.

Pendant ce temps, au-delà de la mer de Gentrys, un autre invité au mariage était arrivé. Je ne l'avais jamais rencontré mais j'ai tout de suite su qui il était. Il était une version plus débraillée et légèrement plus grande de son frère aîné.

« Tristan ! » Brecken a crié et a couru pour entrer en collision avec le nouveau venu dans une étreinte féroce. Curtis le suivit plus lentement. Lui et Tristan échangèrent un long regard avant que Curtis ne rejoigne ses deux frères dans une étreinte et pendant quelques secondes, les trois garçons Mulligan furent enfermés ensemble comme un seul paquet émotionnel. C'était une belle chose à voir.

Bientôt, un fonctionnaire du tribunal sortit d'une série de doubles portes sombres et effectua une double capture de la scène dans le hall.

« Qui est ici pour une cérémonie de mariage ? » elle a demandé.

«Nous tous», répondit Cord. "J'espère que vous avez assez de place."

La femme avait l'air dubitative et j'avais peur qu'elle déclare qu'il y avait des limites aux témoins de la cérémonie, mais elle a ensuite affiché un sourire avant de nous conduire à travers les portes et vers une pièce où nous attendait un juge à l'air très austère. Il n'y avait aucun autre couple en attente de mariage pour le moment, ce qui était une bénédiction car c'était déjà un match serré une fois que tout le monde s'était entassé là-bas.

Le juge sans menton et à lunettes parut déconcerté au début mais il se reprit rapidement et s'éclaircit la gorge avant de commencer la cérémonie. Il n'a pas perdu de temps pour aller droit au but et la cérémonie n'a duré qu'une dizaine de minutes. Cami se tenait aux côtés de sa sœur, complètement belle et résistant visiblement aux larmes tandis que sa jumelle bien-aimée recevait une alliance à son doigt. Peut-être qu'elle sentait que je la regardais ou peut-être qu'elle pensait à notre propre mariage. Elle leva les yeux et fouilla la foule jusqu'à ce que ses yeux trouvent les miens, puis elle fit un clin d'œil.

Tout le monde dans la pièce est resté silencieux et immobile, à l'exception de Roslyn, l'épouse de Conway Gentry, qui s'était lancée dans la photographie amateur et a continué à se déplacer pour capturer la photo parfaite grâce à l'échange de vœux.

Des applaudissements ont retenti alors que Cassie et Curtis s'engageaient dans leur premier baiser marié passionné. Ils auraient pu rester là à s'embrasser toute la journée pendant que nous les applaudissions, sauf que le fonctionnaire du tribunal était de retour pour nous faire sortir de la pièce.

J'ai trouvé Cami et lui ai pris la main alors que nous sortions tous du palais de justice de manière plutôt bruyante et désordonnée. À l'extérieur du palais de justice, Cord a crié que nous nous retrouvions à la célèbre pizzeria Esposito où il avait réussi à sécuriser leur arrière-salle de fête pour la réception de dernière minute. Comme la pizzeria se trouvait à moins de deux pâtés de maisons, nous avons décidé qu'une promenade serait la meilleure option, même dans la chaleur torride de l'été.

«Papa, je jure que je vais bien», disait Isabella Gentry à son père.

Deck Gentry n'était pas d'accord. «Tu viens de sortir de l'hôpital, gamin. Vous n'avez pas besoin de vous promener dans les rues chaudes de Phoenix. Salut Jen", a-t-il appelé sa femme. "Je vais aller chercher la voiture et la conduire ici."

Izzy rejeta ses cheveux roux et commença à suivre ses cousins avec colère. « Arrêtez d'agir comme une maman ourse. Je marche et j'ai l'intention d'être chez Esposito en train de me gaver de pizza au moment où vous récupérerez la voiture.

«C'est votre fille», grommela Deck à sa femme.

Jenny Gentry se contenta de rire. « Non, elle est en tous points la fille de son père. Rebelle jusqu'à la moelle.

Deck fronça les sourcils mais il laissa sa femme l'emmener.

Même dans la chaleur torride, c'était un plaisir de se promener tout en tenant la main de ma femme.

"Qui cherches-tu?" » a demandé Cami alors que je tendais le cou.

"Regardons en arrière une seconde", dis-je en ralentissant le rythme jusqu'à ce que nous soyons à côté de la famille de Chase. Thomas marchait à côté de Derek et il parut surpris lorsque je m'approchai de lui.

«Tu nous manques sur le terrain», dis-je. "J'aimerais vraiment que tu recommences à revenir."

Thomas m'a lancé un regard penaud. "Mon père dit qu'il n'y a aucune raison pour que je reste à l'écart."

"Il n'y en a pas." Je lui ai donné un coup de coude. « Alors, que diriez-vous de commencer aujourd'hui ? Après la réception, bien sûr. Les cages de frappeurs seront ouvertes jusqu'à huit heures et vous pourrez dire à Mick que je vous ai donné une passe pour garder un stand pour vous et frapper autant que vous voulez jusqu'à la fermeture.

Il était heureux. "Je pourrais utiliser un peu de temps pour travailler sur mon swing."

« Prends tout le temps que tu veux. Promets-moi juste que tu reviendras.

Il acquiesca. "Je peux le faire."

Derek avait écouté la conversation. Il a regardé dans ma direction et je lui ai fait un sourire encourageant. Je ne savais pas quel serait son sort. Cela dépendait au moins en partie de lui. Mais je voulais qu'il sache que je ne lui en voulais pas.

"Peut-être que tu pourrais aussi venir sur le terrain un jour," suggérai-je. « Deux fois par semaine, nous organisons des séances pour tous les âges. »

Derek semblait réfléchir à l'idée. Son sourire était un peu timide. « Les compétences de mon petit frère me feraient honte. »

"Eh bien, tu es toujours le bienvenu, Derek." J'ai tenu son œil. "Je suis sérieux. N'oubliez pas.

"Je ne le ferai pas." Il m'a lancé un regard reconnaissant. "Merci, Dalton."

"À tout moment."

Cami m'a serré le bras. « Tu es un gars bien », me murmura-t-elle.

"Ouais, tu as été intelligent de m'épouser."

Elle m'a souri. "Je sais que."

La pizzeria Esposito n'était peut-être pas prête à accueillir la foule bruyante des célébrants du mariage qui se sont précipités devant leurs portes un après-midi de semaine. Ils ont cependant pris l'invasion sans problème, nous installant dans une salle privée avec une réserve inépuisable de pizzas et d'entrées. Le propriétaire s'était même donné la peine de préparer un gâteau spécial une fois qu'il avait appris ce que nous célébrions.

Comme tout le monde prenait de la nourriture et s'asseyait où bon lui semblait, Cami et moi avons fait de même, nous retrouvant en face de deux de ses jeunes cousins adolescents, Ethan et Rider. Ces deux-là n'étaient jamais très éloignés l'un de l'autre lors d'une réunion de famille et on aurait pu les prendre pour des frères. En ce moment même, ils fourraient des tranches de pizza dans leurs bouches affamées et ricanaient de manière odieuse à propos de quelque chose qui jouait sur un iPhone jusqu'à ce que le père de Rider, Stone, se penche par-dessus la table et exige qu'ils mettent fin à leur divertissement électronique.

"Tu sais quoi, Dalton?" dit Cami après avoir avalé une bouchée, "Je crois que si je ne t'avais pas épousé, j'aurais épousé cette pizza."

"Je suis content d'avoir gagné ce concours." J'ai posé ma pizza et je suis resté assis là, appréciant l'apparence de ma femme. Elle portait une robe estivale longue au sol dans une nuance de bleu profond et, comme Cassie, elle avait choisi de porter ses cheveux détachés avec peu de bijoux à l'exception de ses alliances. Si elle n'était pas déjà à moi, je serais extrêmement jaloux de l'homme qui a eu la chance de la garder.

"Quoi?" » a-t-elle demandé en s'essuyant la bouche lorsqu'elle a remarqué à quel point je la regardais fixement. « Est-ce que j'ai de la sauce sur le visage ? »

"Non. J'essayais de me rappeler si je t'avais dit quelque chose aujourd'hui.

"Quoi?"

"Tu me coupes le souffle, Camille."

Ce n'était pas facile de faire rougir Cami mais elle rougit maintenant. Mais tout le monde n'a pas été impressionné. Ethan et Rider ont fait un grand spectacle en s'étouffant devant leur pizza.

"Oh, quelle tristesse," se plaignit Ethan.

Rider secoua la tête. "Je ne peux pas le supporter."

Cami a jeté une serviette sur ses cousins. "Fermez-la."

Puis elle se leva, plaça ses paumes de chaque côté de mon visage et se pencha pour un baiser qui fit s'emballer mon pouls et faire vagabonder mes mains. Je l'ai tirée sur mes genoux et si nous n'avions pas été entourés d'une pièce remplie de ses proches, j'aurais cherché un endroit plus privé pour enlever cette robe bleue sexy.

Mais hélas, il n'y avait aucune intimité parmi l'équipage de Gentry et notre long baiser avait désormais attiré une certaine attention.

«Je ne peux pas ignorer ça», grommela le jeune Ethan à son cousin.

"Ce n'est pas la suite lune de miel des jeunes mariés," hurla Chase depuis la table voisine.

Cami a rompu le baiser et a fait une grimace à son oncle mais il s'est seulement moqué d'elle. Nous avons arrêté de torturer la foule avec notre séance de baisers bâclée, mais je l'ai obstinément gardée sur mes genoux pendant que nous finissions de manger.

Pendant ce temps, Cassie et Curtis occupaient leur propre table privée à l'avant de la pièce et semblaient ignorer autre chose que l'un l'autre. J'ai approuvé sans réserve. D'après mon expérience personnelle, je peux dire qu'un homme qui avait les yeux rivés sur autre chose que sa fiancée le jour de son mariage ne le faisait probablement pas correctement.

Nous n'avons pas mis longtemps à éliminer les piles de nourriture et bientôt les gens ont commencé à se déplacer. Cami voulait discuter avec ses tantes, Truly et Stephanie, alors elle a quitté mes genoux et s'est dirigée vers l'endroit où elles se tenaient près de la table à gâteaux tout en riant d'une histoire privée.

De l'autre côté de la table, Rider et Ethan n'arrêtaient pas de se donner des coups de coude. Ils reniflaient à cause du genre de blagues torrides qui constituent le divertissement de pointe vers l'âge de treize ans, mais qui finissent par perdre de leur éclat. J'ai décidé de rechercher une compagnie moins adolescente.

A proximité, il y avait un débat animé entre Derek, Stone et Conway sur la reconstruction des transmissions vintage, mais je n'avais rien de valeur à ajouter à cette conversation, alors j'ai continué à chercher, errant dans la foule jusqu'à ce que je tombe sur Cord.

Il regardait de près Cassie donner une bouchée de gâteau à son nouveau mari et il semblait que Cordero Gentry avait les yeux un peu embués. Apparemment, sa plus jeune fille l'a remarqué aussi.

"Ne pleure pas, papa", prévint Cadence. "Les oncles ne vous laisseront jamais entendre la fin."

Il s'est essuyé les yeux. «Je ne pleure pas», marmonna-t-il. Puis il lui fit un rapide câlin. « Faites-moi juste une faveur et restez proches. Je ne pense pas pouvoir accepter de donner une autre fille de si tôt.

Cadence roula des yeux. « Vous n'avez pas à vous inquiéter pour ça. Il est peu probable que je rencontre dans un avenir proche un gars capable de gérer tout cela. Elle a fait un geste grandiose et a accidentellement frappé le frère de Curtis, Tristan, dans le dos. Il se retourna.

"Désolé," marmonna-t-elle en rougissant. Tristan la regarda quelques secondes sans sourire puis revint à sa conversation avec Brecken.

"Chambre difficile", Cadence haussa les épaules.

Une minute plus tard, Chase et Kellan m'ont tapoté sur l'épaule. Curtis avait abandonné ses clés après que Chase lui ait proposé d'aller récupérer son camion dans le parking afin que la mariée n'ait pas à retourner à pied dans les rues de Phoenix dans la chaleur. Le plan de Chase était de récupérer le camion, puis de le décorer de la manière la plus odieuse possible afin que le couple puisse quitter la fête avec style.

« Êtes-vous partant ? » défia Chase.

"Vous pariez," répondis-je.

Il ne fallut que quelques minutes pour retourner au parking. L'idée de Kellan était d'envelopper le véhicule dans du plastique, mais Chase a opposé son veto à cette proposition.

"Rien d'obscène non plus", a-t-il prévenu.

Kellan n'était pas content. "Qu'est-ce que c'est amusant ?"

« Fils, faisons comme si nous avions un peu de classe. Seulement pour aujourd'hui."

"Très bien," marmonna Kellan.

Nous avons trouvé un dépanneur qui vendait des ballons de couleurs assorties, du papier toilette et de la ficelle. Kellan a également réussi à acquérir une boîte en carton qu'il a transformée en une pancarte, griffonnant « Just Married » sur la surface avec un tube de rouge à lèvres acheté à la hâte.

Le résultat final n'était pas la chose la plus élégante jamais vue, mais il a fait passer le message. Une fois le camion garé devant la pizzeria, Chase m'a exhorté à rentrer à l'intérieur mais j'étais occupé à vérifier quelque chose sur mon téléphone.

"Dans une minute", lui dis-je. "Je dois passer un appel rapide."

L'appel n'a pas duré longtemps. J'ai reçu la nouvelle que j'espérais et quand je suis revenu dans la salle des fêtes, Cami admirait la nouvelle bague de Cassie.

Il y eut un tintement répétitif alors que Curtis se tenait au milieu de la pièce et tapait son verre d'eau avec une fourchette. Curtis n'était vraiment pas du genre à aimer faire des discours, mais il leva le verre et porta un toast à tout le monde dans la salle.

"Merci à tous d'être ici aujourd'hui", a-t-il déclaré. "Cela signifie tout pour moi et pour Cassie." Il s'arrêta et regarda directement son frère Tristan.

« Mais surtout, a-t-il poursuivi, je tiens à remercier ma belle épouse de m'avoir épousé. Cassidy, tu es tout pour moi. Tu m'inspires. Tu m'étonnes. Tu es un cadeau que je ne sais pas ce que j'ai jamais fait pour mériter. Je t'aime."

Il y avait maintenant quelques larmes dans le public et quand j'ai senti Cami à mes côtés, j'ai mis mon bras autour d'elle.

Cassie était aussi un peu en larmes. "Je t'aime aussi, Curtis Mulligan."

La poignée d'autres invités dans la pizzeria semblaient perplexes face à tout le bruit que nous faisions alors que nous suivions Curtis et Cassie dehors. Les parents de Cassie avaient donné au couple un séjour d'une semaine dans un complexe tranquille de Sedona et ils partaient ce soir. Cord leur assura que lui et Saylor s'occuperaient de Brecken et comme ils travaillaient tous les deux pour lui, il était assez facile de prendre du temps libre.

«Regardez ce que les garçons ont fait au camion de Curtis», fit remarquer Izzy Gentry à sa cousine Zoe.

Zoé fronça le nez. "Comme c'est ringard."

Cami s'appuya contre ma poitrine. « Est-ce que c'était votre travail ? »

J'ai encerclé mes bras autour d'elle. « Chase et Kellan étaient les architectes. Je ne faisais que suivre les ordres.

Elle a ri et nous avons regardé M. et Mme Mulligan partir au milieu des vagues, des cris et du klaxon. Plusieurs des ballons pastel attachés au pare-chocs arrière se sont détachés et ont flotté dans les airs.

Je me suis penché en avant pour murmurer à l'oreille de Cami. "Je crois que je te dois encore quelque chose."

"Le reste de ta vie?" elle a deviné.

"Oui," dis-je. "Mais je pensais à une lune de miel."

Elle tendit le cou pour me regarder. "Nous en aurons un."

"Alors commençons aujourd'hui."

"Aujourd'hui?"

"Bien sûr. J'ai appelé et j'ai pris des dispositions pour louer un chalet à la montagne pour une semaine. Exactement comme nous l'avions prévu.

« Et le travail ? »

« Ils peuvent m'épargner sur le terrain. Peuvent-ils vous épargner au journal ?

Cami a serré ses lèvres en pensant et je pouvais voir qu'elle était excitée. "Je pense que oui. Je peux demander quelques faveurs.

"Fais ça." J'ai passé ma main dans ses cheveux. "Allons-y. Une semaine. Juste toi et moi."

"Juste toi et moi", répéta-t-elle, l'air rêveuse. Elle regarda autour d'elle. La famille Gentry avait vu une autre fille bien-aimée trouver sa fin heureuse et maintenant ils commençaient à se disperser.

"Quand pouvons-nous partir ?" » demanda Camille.

Je ne pouvais pas contenir mon sourire alors que je lui prenais la main et commençais à l'emmener.

"Nous pouvons partir tout de suite, Camille."

LA FIN

Don't miss out!

Visit the website below and you can sign up to receive emails whenever Sley Samedy publishes a new book. There's no charge and no obligation.

https://books2read.com/r/B-A-OFCKB-IVKHD

BOOKS2READ

Connecting independent readers to independent writers.

Tout devenait incontrôlable. L'incendie... les accidents... ce qui se passait.

La seule chose différente dans ma vie, c'est Cameron. Ce n'est plus le même homme. Il y a quelque chose d'obsédant dans ses yeux. Quelque chose que je veux réparer.

La seule chose qui a du sens, c'est d'être dans ses bras. Sa façon de sourire me fait sortir de ma zone de confort. Je ne peux rien dire de mal quand il est pratiquement nu et travaille avec ses mains. Il n'y en a jamais eu un autre pour me rendre aussi folle.

---

1. https://books2read.com/u/38JBLV

2. https://books2read.com/u/38JBLV

C'est mauvais... je suis mauvais... je veux être mauvais pour lui. Ce feu a besoin d'un exutoire. La maison va avoir besoin de ses tendres soins. Ce n'est pas la seule chose qui veut sentir ses mains dessus.

Une grande partie de ce que je ressens pour lui est latente. Il était en sommeil jusqu'à ce qu'il le réveille. Ce besoin de vengeance est toujours là. Je peux le sentir. Quelque chose est plus fort. Le besoin d'être avec lui m'entraîne dans sa gravité.

Combien puis-je prendre de plus ? Il y a un point de rupture. Il va le trouver.

Also by Sley Samedy

Une nuit sur la plage
Amoureux du défi
Le stagiaire du détenu
Pardonne mon Péché
Premier Match
Proposition interdite
Réclame par mes demi frères
Scandale dans le désert
Une tente pour deux
Tuer pour elle
L'ultime défi
On dirait que ça tue
Une sale promesse